KB160660

남명과 이야기

이 책은 2006년도 경상남도 지원금에 의해 개발되었음.

경상대학교 남명학연구소

남명학교양총서 10

남명과 이야기

정 우 락 지음

景仁文化社

책머리에

1997년 봄 어느 날. 남명문학으로 박사논문을 쓸 무렵, 나는 문제가 제대로 풀리지 않아 무작정 지리산 기슭에 있는 남명의 묘소를 찾은 적이 있다. 그 때 남명의 묘소 앞에서 고심에 가득 찬 나의 눈앞으로 내려오는 네 글자가 있었는데, 그것은 곤지붕학鯤志鵬學! 곤어의 뜻과 붕새의 학문이라는 말이다. 곤어가 북쪽 바다에 살면서 남쪽 바다를 꿈꾸었고, 그리하여 마침내 대붕이 되어 대자유의 세계 천지天池에 도달하였으니, 큰 뜻을 세워 큰 학문을 이룩하라는 어떤 계시였다. 나는 갑자기 머리가 시원해짐을 느꼈고, 바로 돌아와 미친 듯이 글을 써내려갔다.

2007년 겨울 어느 날. 나의 남명공부를 되돌아보았다. '곤지' 는 가졌지만 '붕학' 을 이룬 것이 없고, 10년 전의 그 '시원함' 도 기억으로만 존재한다. 피라미 같은 수많은 언어들이 수면 위로 떠올라 가쁜 숨을 연거푸 몰아쉬고, 까마득한 하늘 너머로 현기증만 아득하다. 번다한 현실세계로 나의 에너지를 분사시키고 있기 때문이리라. 곤어의 언어를 가질 일이다. 수심 깊은 곳으로 내려가 어슬렁거리며 『천자문』의 논리에 따라 '유곤독운遊鯤獨運' 할 일이다. 홀로 대붕의 비상을 꿈꾸며 유유히 헤엄치고, 문득 붉은 하늘의 거대한 바람을 날개에 싣고 거침없이 남쪽바다로 날아갈 일이다. 거기에 가면 남명을 만날 수 있다.

글을 통해 남명을 만나는 길은 크게 두 갈래로 열려 있다. 첫 번째는 남명이 직접 써서 작품집 『남명집』에 실어놓은 글과 「학기류편」 등 그의 학문체계에 의거하여 후인들이 편집한 글이 그것이다. 이를 통해 우리는 남명의 육성을 직접 들게 된다. 두 번째는 『조선왕조실록』이나 다양한 실기류 자료에서 역사적 만남을 이룰 수도 있고, 설화나 비평자료에서 문학적 만남을 성취할 수도 있다. 여기서 우리는 다른 사람이 들려주는 남명 이야기를 간접적으로 전해 듣게 된다. 남명을 제대로 만나기 위해서는 이 두 갈래의 길 가운데 어느 것 하나 소홀히 할 수 없음은 물론이다.

이 책은 수많은 사람들의 언어 속에서 남명이 어떤 모습으로 살아 있는지를 탐색하기 위하여 구상되었다. 이 때문에 실기자료와 설화자료가 중심을 이룬다. 실기자료는 역사 쪽에서 설화자료는 문학 쪽에서 남명을 이야기하고 있으니 그 방향이 다르다고 하겠다. 그러나 남명이라는 산을 서로 다른 방향에서 오르기 위함이니 방법론상으로 온당하다고 하지 않을 수 없다. 이 책의 이름을 『남명과 이야기』라 한 이유도 바로 여기에 있다. 즉 남명을 중심으로 어떤 이야기가 생성되고 있는지를 역사와 문학 양측의 자료를 충분히 활용하면서 풀어보자는 것이다.

남명에 관한 이야기는 어떠한 양상을 띠고 있는가? 이는 대체로 아홉 가지로 압축할 수 있다. 날카로운 지절志節과 거대한 기상을 갖춘 인품담, 자득지학自得之學을 강조하는 제자관련담, 상보적 경쟁관계를 함의하고 있는 퇴계관련담, 사대부의 출처대절을 외친 현실인식담, 이인異人으로서 이적異蹟이 나타나는 이적이인담, 진주의 한 과부를 중심으로 전개된 음부송사담, 과격하고 준절한 을묘사직소와 연관된 단성소관련담, 당대 문인들 사이의 갈등을 소재로 한 갈등담, 남명이 활동한 지역의 지명유래담 등이 대체로 그것이다. 이들 가운데 어느 것 하나 남명을 이해하는데 있어 도움이 되지 않는 것이 없다.

남명 이야기는 허구적으로 전승된 것도 많다. 이 같은 허구담은 '사실'이 아니지만 사실 이상의 '진실'을 내포하고 있어 중요하다. 남명이 서울로 가다가 어떤 여자와 사랑을 나누었는데 그 여자가 남명에 대한 사무치는 그리움을 이기지 못하여 구렁이가 되었다든가, 남명이 친구에게 유택幽宅을 정해주었다가 다시 빼앗아 자신이 묻혔다든가, 자신의 처제를 호랑이에게 시집을 보냈다든가 하는 허다한 이야기가 그것이다.

이를 통해 언중言衆은 역사적 사실을 떠나 어떤 문학적 진실을 전하고자 했다. '남명'과 '이야기'를 결합시킬 때 바로 이 같은 점을 충실히 다룰 수 있어 남명 이해를 위한 새로운 길을 연다.

이 책은 모두 세 장으로 구성되어 있다. 제1장은 남명의 생애와 관련된 이야기가 중심이 된다. 신화적 상상력이 남명사상과 어떻게 결합될 수 있을까 하는 당혹스런 질문을 던지며 이 장은 시작한다. 제2장은 남명의 사상 가운데 포착되는 자유와 질서라는 상반된 두 요소를 주목하면서 관련 이야기를 다룬다. 남명이 사치와 여색을 즐기면서도 예禮에 엄격했다는 이야기의 진의眞意를 이곳에서 알아본다. 제3장에서는 일정한 주제로 수렴되지 못한 이야기를 다각도에서 다루었다. 그리고 마지막에 이이李珥와 이제신李濟臣이 쓴 두 편의 남명 약전略傳을 실어 남명 이해에 도움이 되게 했다.

이 책은 이야기를 먼저 제시하고 이에 따른 풀이는 '♧' 표 뒤에 실어두었으며 모든 이야기에는 출처를 밝혀두었다. 이 책이 대중을 겨냥한 것이기는 하지만 연구자들에게도 일정한 도움을 주기 위한 조처다. 전문 연구서가 아니기 때문에 고증이 약한 부분도 있고, 때로는 비약이 있을 수도 있다. 사정이 이렇다고 하더라도 대체로 근거를 가진 것이며 제시되는 논리를 따라가다 보면 서릿발 같이 생각되던 남명이 때로는 따뜻

하게 느껴지는 부분도 있을 것이다. 남명도 우리와 같이 심장을 가진 인간이며, 그 인간이 지닐 수 있는 욕망과 일탈을 이 책은 다양하게 전하고 있다.

자료를 수집해 글을 쓴 것은 나이지만, 책을 이루는 데는 공동의 힘이 필요했다. 이야기의 생성 현장을 찾아가 직접 찍은 사진이 대부분이긴 하지만, 그렇지 못한 경우에는 김종구 동학 등 다른 사람의 시간과 손을 빌었다. 이 자리를 빌려 감사의 마음을 전한다. 이 작은 책은 전적으로 경상대 남명학연구소의 최석기 소장님의 위촉에 의해 이루어졌다. 최전선에서 남명학의 영토를 넓혀 가시는 노고에 대하여 같은 연구자의 한 사람으로서 경의를 표하며 아울러 감사의 뜻을 전한다. 그리고 경북대 문학사상 연구실의 최재호 동학을 비롯한 이민경, 김현영, 이명숙 동학이 나누어 읽으며 오자를 없애려 노력하였다.

곤어의 뜻을 굳건히 하여 대붕의 학문을 이루라고 했던 남명의 계시를 다시 새기지 않으면 안 된다. 남명은 『장자』를 읽으면서 이것을 생각했을 것이다. 곤어는 침잠과 침묵이며, 대붕은 비상과 웅변이다. 남명은 이를 시동尸童과 용龍으로, 혹은 연못과 우레로 표현하였다. 침잠이 없으면 비상이 있을 수 없고, 거대한 침묵을 안으로 갖지 않으면 우레의 소리를 밖으로 낼 수가 없다. 남명은 이를 몸으로 실천하기 위하여 처사의 길을 선택했고, 북쪽 바다 깊은 곳에서 곤어로 어슬렁거리며 남쪽 바다를 꿈꾸었던 것이다. 정해년의 겨울 밤은 이러한 꿈으로 깊어가고 있다.

2007년 12월

정해년을 보내며 정 우 락

목차 *contents*

제3장 이런 일 저런 이야기 / 169

□ 남명 약전

제 1 장

신이한 탄생 위대한 죽음

1. 시조신화, 그리고 '칼'과 '방울'

창녕 조씨 시조의 어머니는 신라 한림학사 이광옥李光玉의 따님이다. 태어나면서부터 속병이 있어서 아무리 약을 써보았으나 어떤 약도 효험이 없었다. 신음하는 가운데, 주위로부터 창녕 화왕산火旺山 용지龍池에 가서 목욕재계하고 기도를 드리면 효험이 있을 것이라는 말을 들었다. 이에 용지를 찾아가 지극 정성으로 기도를 드리고 있었다.

그때였다. 갑자기 안개가 자욱하게 일어나 한낮인데도 주위가 캄캄해지면서 물속으로 끌려 들어가는 듯한 몽롱한 기분에 빠져들었다. 얼마 후 정신을 차려 집으로 돌아왔다. 그로부터 속병은 씻은 듯이 나았지만 태기胎氣가 있어 그 뒤 아들을 낳

화왕산 전경

게 되었다. 그런데 낳은 아들의 겨드랑이에 '조曺' 자와 비슷한 무늬가 새겨져 있는 것이 아닌가?

꿈에 어떤 장부가 나타나 이렇게 말했다.

"나는 동해 신룡東海神龍의 아들 옥결로 이 아이의 아비이다. 이 아이를 잘 기르면 크게는 공후公侯가 될 것이고, 적어도 경상卿相은 틀림없이 될 것이다."

신라 진평왕眞平王이 이 사실을 이광옥으로부터 전해 듣고 기이하게 여겨 아이를 직접 보고 싶어했다. 이에 아이를 접견시키니 과연 풍모가 특이하고 겨드랑이 밑에 '조曺' 자와 같은 무늬가 새겨져 있음을 보고 성을 '조曺'로 내려주고, 이름을 용지龍池에서 동해 신룡神龍의 정기를 이어 받았다 하여 '계룡繼龍'이라 지어 주었다. 조계룡은 그로부터 장성하여 신라 진평왕의 사위[駙馬]가 되고 창성 부원군昌城府院君에 봉封해졌다. 이 분이 바로 창녕 조씨의 시조이다.

♧

창녕 조씨 족보에 나오는 이야기다. 여기에는 창녕 조씨昌寧曺氏의 시조 조계룡曺繼龍이 태어나게 된 내력과 성이 조曺씨가 되었던 유래를 설명하고 있다. 즉 조계룡은 동해신룡의 아들이며, 그의 겨드랑이에 '조曺'자와 같은 무늬가 있었기 때문에 성이 '조'씨가 되었다는 것이다. 그리고 동해 신룡의 정기를 이어 받고 태어났기 때문에 이름이 '계룡繼龍'이며, 뒤에 창성 부원군昌城府院君에 봉해져 창녕 조씨의 시조가 되었다는 것이다.

'용지동천' 표석

남명은 그의 시조신화에 대하여 알고 있었을까? 남명이 세상을 떠난 후 6년 뒤에 태어난 소암笑庵 조하위曺夏瑋(1678~1752)의 다음 시를 통해 이를 유추해보자.

화왕산 꼭대기 화산 연못 맑은데,	火山高秀火淵清
우리 시조께선 언제 이곳에서 나셨던고?	吾祖何年此地生
천년의 맑은 기운 남긴 터에 서려 있고,	淑氣千秋遺址在
백세의 자취는 족보에 뚜렷하네	寄踪百世譜書明
후손들은 집안 대대로 충효정신을 전하고,	雲仍家襲傳忠孝
구름같이 많은 사람, 인재들로 빼어났네.	風云人多挺俊英
불초 후손 지금 오니 감회가 많이 일어,	不肖今來偏起感
지난 자취 추억하며 갈 길을 잃었다네.	追懷往跡却忘行

조하위는 경종 때 인물로 주로 밀양에서 살았는데, 화왕산의 용지를 답사하고 위와 같은 작품을 남겼다. 여기서 그는 시조가 화왕산 용지에서 태어났다는 것, 그 유지가 지금도 남아 있다는 것, 족보를 통해 시조의 자취를 분명히 알 수 있다는 것, 훌륭한 후손들이 많다는 것 등을 두루 제시했다. 이로 보면 일찍부터 창녕 조씨들은 그들의 시조신화에 대하여 두루 알고 있었던 것 같다. 따라서 우리는 조하위보다 한 세대 앞서 살았던 남명 역시 자신의 신조신화에 대하여 익히 알고 있었던 사실을 어렵지 않게 짐작할 수 있다.

조계룡에 대한 이야기는 신화적 사고에 의해 생성된 것이다. 우리는 흔히 신화를 둘로 나눈다. 국조신화와 성씨시조신화가 그것이다. 국조신화는 고조선의 건국신화인 「단군신화」, 고구려의 건국신화인 「주몽신화」, 신라의 건국신화인 「혁거세신화」, 가락국의 건국신화인 「수로왕신화」 등이 대표적이고, 성씨시조신화는 평강 채씨나 위에서 든 창녕 조씨 시조신화가 대표적이다. 물론 「박혁거세신화」와 「수로왕신화」는 건국신화이면서 동시에 경주 김씨와 김해 김씨의 성씨 시조신화이기도 하다.

창녕 조씨의 시조신화는 야래자夜來者 설화에서 변형된 유형이다. 즉 뱀이나 거북 등이 사람으로 변하여 처녀를 밤에 몰래 찾아가 임신을 시켰는데 거기서 출생한 아이가 시조가 되었다는 것이 야래자 설화의 기본형인데 여기서 다소 변이를 보인다는 것이다. 이 신화의 특징은 지신계地神系 여신과 수신계水神系 남성의 결합을 통해 시조가 태어났다는 것과 부계의 존재가 감추어져 있다는데 있다. 부계와 모계가 함께 나타나 있는 건국신화와는 다른 점이다. 이 같은 씨족 시조신화는 수신신앙이 천신신앙에 밀려 후퇴하면서 변모된 수신신화의 모습이라고 보는 것이 일반적이다.

조계룡의 어머니는 지신이라 할 수 있고, 아버지는 수신이라 할 수 있다. 아버지가 동해 신룡의 아들이라고는 하나 꿈을 통해 우회적으로 나타나 있을 뿐 그 모습이 드러나지 않는다. 이 같은 점에서 창녕 조씨 시조신화는 씨족 시조신화의 보편성을 지닌다고 하겠다. 남명南冥 조식曺植(1501~1572)은 창성부원군 조계룡의 먼 후손이다. 이 때문에 그의 혈관에는 그가 의식하든 그렇지 않든 신화적 피가 흐르고 있다. 우리는 여기서 남명이 항상 차고 다녔던 '칼'과 '방울'을 중심으로 하나의 비약을 감행하고자 한다.

'칼'과 '방울'은 일찍이 '거울'과 함께 우리 민족이 상고시대부터 숭상해 오던 것이었다. 단군신화에 나타나는 환웅이 환인에게서 받은 천부인天符印 셋이 바로 그것이기 때문이다. 이것은 무속 사제가 지닌 신성징표로서 우리 민족이 삶의 슬기를 찾아 나선 최초의 문명의식이다. 남명 역시 이 문명의식 속에서 삶을 영위한 선한 백성 가운데 한 사람이었다. 그는 '거울' 같은 맑은 마음을 유지하기 위하여 항상 '칼'과 '방울'을 갖고 다녔다. 이미 오래 전에 신화시대가 끝이 나고, 논리와 합리가 중시되는 시대를 살았던 남명은 이들 신성징표들을 오히려 유가적 수양도구로 삼았다. 그 이름을 각각 경의검敬義劍과 성성자惺惺子라 하였다. 남명은 스스로 「패검명佩劍銘」, 즉 '내명자경內明者敬[안으로 밝게 하는 것이 경이요], 외단자의外斷者義[밖으로 행동을 결단하는 것이 의다]'라는 글을 칼에 새겨두기도 했다. 이 때문에 남명의 칼 이름이 경의검이 되었던 것이다.

'창녕조씨득성지지' 비

방울을 성성자라고 하는 것도 나름대로 이유가 있다. 일찍이 주자가

'경敬' 의 4개조목으로 '정제엄숙整齊嚴肅', '주일무적主一無適', '기심수렴其心收斂', '상성성법常惺惺法' 을 제시하였는데, 이 가운데 하나인 '상성성법' 에서 '성성' 을 취한 것이다. 항상 마음을 별처럼 초롱초롱한 각성의 상태로 유지한다는 의미이다.

남명은 신화적 상상력에 바탕한 문명의식을 당대의 사상체계 속에서 발전적으로 계승한 유학자다. 무속의 사제들이 신성성의 징표로 지녔던 것을 수양의 도구로 의미를 전환시켜 갖고 다녔는지도 모른다. 더욱 구체적으로는 자신의 핵심사상인 경敬과 의義를 실천하기 위해서 이 도구들이 필요했다. 움직일 때마다 나는 방울 소리를 들으며 인욕에 의해 흐려진 마음을 맑게 하고,—그것은 방울소리를 들으며 안개를 걷고 심성의 맑은 본체를 보는 것과 같다.—칼을 어루만지면서 과단성 있는 사회적 실천을 다짐했던 것이라 하겠다. 올곧은 정신의 과감한 실천, 이것이 칼과 방울, 그리고 남명 경의사상의 핵심이다.

남명이 칼은 내암 정인홍에게 전했다고 하고, 방울은 외손서인 동강 김우옹에게 전했다고 한다. 『남명집』이나 『동강집』에 남명이 동강에게 방울을 전했다는 기록이 있으니 이것은 사실인 것 같다. 그러나 정인홍에게 전심傳心의 표시로 칼을 전했다는 『선조수정실록宣祖修正實錄』의 기록이 있기는 하지만 믿기 어렵다. 남명의 칼은 한국전쟁이 있기 전까지 후손들에 의해 보관되어 왔으며, 내암의 언어로 전해지는 글이 없기 때문이다. 『진양속지晉陽續誌』의 칼에 대한 기록과 『남명집』「편년」 등의 방울에 대한 기록은 각각 다음과 같다.

(가) 칼

남명 조문정공曺文貞公의 칼이 두 자루 있는데, 길이는 한 자쯤 되고 자루는 무소뿔 및 상아로 만들었다. 자루에는 교룡蛟龍 두 마리를 새겼는데 머리를 엇갈리게 하였다. 양쪽 옆에는 해서체楷書體로 '안으로 밝게 하는 것이 경이요, 밖으로 결단하는 것이 의다' 라는 명銘을 새겼는데, 다룬 가죽으로 칼집을 만들었다. 아마 평소에 차고 다니시던 것일 터인데도, 그 광채가 마치 숫돌에서 새로 갈아낸 듯하다고 한다.

(나) 방울

옷섶에 방울을 차고 성성자惺惺子라 일컬었는데, 이것은 마음을 불러서 깨우치는 공부였다. 김우옹에게 이 방울을 주며, "이 물건이 맑은 소리로 사람을 깨우쳐 줄 줄을 안다. 차고 다니게 되면 매우 좋은 것을 알게 될 것이다. 내 귀중한 보배를 너에게 주나니 네가 능히 이것을 지니겠느냐?" 하였다. 우옹이, "이는 옛 사람이 옥을 차는 뜻이 아닙니까?" 라고 물으니, 선생이 "실로 그러하다. 그러나 이것의 의미가 더욱 절실하니 이연평도 일찍이 찾던 것이다."고 했다. 또 뇌천雷天이란 두 글자를 써 주었다. 요컨대 방울은 불러 깨우침을 딴 것이고, 뇌천은 대장괘大壯卦[☳☰] 의 뜻을 딴 것으로 성찰省察하고 극기克己하는 공부를 힘쓰게 한 것이다.

수양도구 하나씩을 갖고 다닐 일이다. 그 도구에 죄를 짓지 않으려는 마음을 갖고 끊임없이 노력할 때 어느 날 문득 나의 마음이 성스럽게 되었다는 것을 깨닫고, 나의 행동 역시 바르게 되었다는 것을 깨닫게 된다. 옳은 것이 그른 것이 되고, 그른 것이 옳은 것이 되어 버린 오늘날, 우리는 우리의 심성 깊은 곳에서 푸른 물살을 이루며 흐르는 '활수活水 정신'을 다시 찾아야 한다. 활수는 맑은 물이며 또한 살아 있는 물이다. 살

복원된 '경의검'과 '성성자'

아 있기 때문에 다른 사물을 살릴 수 있고, 맑기 때문에 다른 사물을 맑게 할 수 있다. 우리 스스로가 '활수' 일 때, 우리가 만나는 사물 역시 살릴 수 있다. 하여 우리가 사는 세상 역시 맑아질 수 있다.

2. 신이한 탄생과 어머니

① 선생의 증조부 생원 안습安習은 처음 삼가 판현板峴에 살았다. 판교벼슬을 한 아버지 언형彦亨이 이씨 집에 장가들게 되었다.

처음 이씨가 토동에 살 무렵 어떤 술사術士가 집터를 보고 말했다.

"이 땅에서 닭 띠 해에 꼭 성현이 태어날 것이다."

신유년에 선생이 여기서 태어나니 생김새가 맑고 울음소리가 우렁찼다. 이씨가 매우 기이하게 여겨서 몸소 대나무를 불태워 밥과 국을 끓이면서 말했다.

"술사의 말이 지금 와서 들어맞게 되었으니, 조씨 가문이 창성하겠구나!"

② 합천에는 황매산黃梅山 삼봉三峯이라는 잘생긴 봉우리가 셋이 있다. 이 삼봉은 참으로 기묘

남명의 탄생지 토동[외토리] 및 뇌룡정

하게 생겨 어떻게 보면 험해 보이기도 하고, 어떻게 보면 순해 보이기도 한다. 이곳에는 천상天上의 선인仙人이 내려와 크게 될 사람을 점지해 주는데, 그 한 사람이 고승 무학無學이고, 다른 한 사람이 대유학자 남명南冥 조식曺植이다. 두 사람이 이미 태어났으니, 앞으로 삼봉의 정기를 받아 무학과 남명에 버금가는 훌륭한 인물이 한 사람 더 나게 될 것이다.

남명이 태어나기 전에도, 무학대사 등 훌륭한

두 사람은 이미 태어났지만 아직 한 사람은 태어나지 않았다는 삼봉 관련한 전설이 있었다. 조언형의 장인 이국李菊도 이 전설을 이미 알고 있었다. 전설로만 여기지 않고 조만 간에 누군가 훌륭한 사람이 꼭 태어날 것임을 알고 있었으니 그는 천기를 잘 읽고 있는 사람이었다 하겠다. 이 때문에 자기가 살고 있는 집이 삼봉의 기운을 가장 많이 받고 있다는 것을 깨닫고, 며느리의 몸에서 삼봉의 정기를 받은 훌륭한 손자가 태어날 것을 학수고대했다. 그리고 딸과 사위가 오더라도 같은 방을 쓰지 못하게 했다.

그러던 어느 날, 멀리 출타할 일이 생기게 되었는데 집을 나서면서 집안 사람들에게 당부했다.

"조서방과 조실이가 오더라도 우리 집에서 자지 못하도록 하여라."

이국이 출타하였을 때, 공교롭게도 딸이 사위와 함께 왔다. 주인의 당부가 있기는 하였으나, 인자한 이씨 부인의 어머니 최씨는 그대로 돌려보낼 수가 없어 이들에게 방을 정해주었다. 그날 밤 조언형 부부는 동침하게 되었는데, 조언형의 꿈에 흰 수염을 길게 늘어뜨린 천상의 신선이 나타나 구름 사이에서 말했다.

"신유년에 사내아이가 태어날 것이니 잘 키우도록 하여라. 큰 학문을 이룩하게 될 것이니라."

이때부터 이씨 부인은 태기가 있어 이듬해인 신유년에 건강한 사내아이를 낳았다. 남명이 바로 그였다. 조언형의 장인 이국은 자신의 며느리에게서 아이를 보지 못하고 딸에게서 사내아이를 본 것이 몹시 안타까웠으나 어쩔 수 없는 일이었다.

♧

앞의 이야기(①)는 『남명집』「편년」에 나오는 것이고, 뒤의 이야기(②)는 경남 진주시 진양군 미천면에서 구전되는 이야기다. 두 이야기 모두 남명이 범인과는 다른 신비한 출생을 하였다는 것이다. 『남명집』「편년」에 보이는 남명이 태어날 때 '무지개 같은 기운이 집 앞 팔각정八角井에서 뻗쳐 나와 빛이 산실에 가득했다'는 기록도 모두 같은 이치에서 언급된 것이다. 남명의 출생이적을 정리해보면 대체로 다음과 같다.

(가) 술사가 이국의 집터를 보고 성현이 태어날 것에 대하여 예언했다.

(나) 천상의 신인이 조언형의 꿈을 통해 대학자가 태어날 것을 예언했다.

(가)는 첫 번째 이야기의 경우이고, (나)는 두 번째 이야기의 경우이다. (가)가 현실 속에서 훌륭한 인물의 탄생이 예언되었다면, (나)는 꿈 속에서 훌륭한 인

남명의 생가 가는 길

물의 탄생이 예언되었다. 현실과 꿈이 다르다고는 하나 남명의 위대한 탄생으로 이야기는 구심력을 획득하고 있다. 그의 탄생은 범우주적이라 할만하다. 즉 (가)는 집터와 연관되어 있으니 남명의 탄생은 '땅'과 관련이 있고, (나)는 천상의 신인과 관련되어 있으니 남명의 탄생은 '하늘'과 결합되어 있기 때문이다. 그리고 팔각정 우물에서 무지개가 뻗어 나와 산실에 가득했다는 이야기는 '물'과 밀착되어 있으면서, 땅과 하늘을 이어주는 역할을 한다. 이처럼 남명의 탄생은 '땅', '하늘', '물'이라는 범우주적 기운 혹은 그것을 관장하는 '신'의 계시에 의한 것이라는 것을 이들 이

남명의 생가터

야기는 암시하고 있다.

이처럼 위대한 인물의 탄생에 대해서는 예로부터 신이한 이야기가 따르기 마련이다. 이미 언급되었던 남명의 시조인 조계룡의 탄생이 그러하고, 특히 주몽 신화나 탈해신화 등의 건국신화나 수많은 서사무가, 그리고 「홍길동전」 등의 소설에서도 다양하게 나타난다. 남명의 출생에 대한 설화가 물론 이들 이야기 속에 나타나는 영웅의 출생과정과는 상당한 거리가 있다고 할 수 있겠지만, 주인공의 비범한 능력을 강조하는 기능을 한다는 측면에서 동질성이 인정된다. 이야기의 구조가 남명의 일생을 하나의 완결된 작품으로 담아낸 것이 아니라 하더라도, 작품 이상의 의미가 있는 것도 바로 여기에 있다.

아버지는 강직한 성품을 지닌 사람이었고, 어머니는 충순위忠順衛 이국李菊의 따님으로 자못 부유한 집안에서 자랐다. 특히 이국의 처부妻父, 즉 남명의 외증조부 최윤덕崔潤德(1376~1445)은 아버지 최운해 장군을 따라 여러 번 공을 세우고 좌 · 우의정과 영중추원사領中樞院事 등을 역임하기도 하였다. 최윤덕은 지금의 창원시 북면 내곡리 무동마을에 태어나 여러 가지 공을 세웠는데, 특히 세종이 즉위하자 삼군도절제사가 되어 삼군도체찰사 이종무와 함께 대마도를 정벌하고 대마도주의 항복을 받아 내었다. 그 후 서울로 돌아온 최윤덕은 시간이 있을 때마다 세종에게 성 쌓기를 주장하여, 세종은 그를 '축성대감' 이라는 별명을 지어주었다고 한다.

남명 가문은 남명의 아버지 대에 와서 문과에 급제함으로써 실제 벼슬을 하는 사족士族이 되지만 그 이전까지만 하더라도 한미한 집안이라 할 수 있다. 이에 비해 그의 고조모에서 어머니에 이르기까지의 외계는 대체로 상당한 세력을 자랑하는 사족이었다. 남명이 외가에서 탄생한 연유도 있겠지만, 그의 탄생설화가 어머니 집, 그러니까 남명의 외가를 중심으로 이루어지고 있는 것도 이와 무관하지 않을 것이다. 우리는 여기서 잠시 남명의 어머니에 대해서 알아보기로 하자.

남명의 친구인 규암圭庵 송인수宋麟壽(1499~1547)가 쓴 묘갈명의 일부는 이렇다.

부인은 나면서부터 효도와 우애가 있어 시부모 받들기에 공경과 봉양을 다하였고 시집의 가족을 대하는 것을 엄숙하면서도 온화하게 하였다. 그리고 제사 받들 때에는 생전에 섬김보다 더하였으며, 어린 사람 거두기를 내 자식과 같이 했다. 겸손과 공경으로 판교공을 섬기시니 공 또한 공경과 예를 다하였다. 가난해서 혼인과 장사를 못 치르는 사람이나 원통하고 답답해하는 사람들을 보면 반드시 눈물을 흘리며 구휼하였다. 이에 온 문중에서는 늙은 사람 젊은 사람 할 것 없이 '아무 부인은 나의 어머니와 같으시다' 고 했다. 판교공이 부인보다 앞서 별세했는데, 벼슬에 있으면서 청렴하고 근신하여 자신을 위한 계책을 하지 않아 가난하기가 벼슬하지 않은 선비 같았다. 통정通政으로 승진될 때에 다만 한 필의 말만 있을 뿐이었는데, 이것을 팔아서 관복을 장만했으니 실로 부인의 내조가 있었던 것이다.

규암은 남명이 32세 되던 해에 『대학』을 보내준 일도 있는 어릴 적 친구였다. 남명은 다양한 서적을 섭렵하는데, 특히 사서에서는 『대학』, 오경에서는 『주역』, 성리서에서는 『심경』을 가장 열심히 읽었다. 규암이 『대학』을 선물하자 그렇게 반가울 수가 없었다. 그리

'토동마을' 표석

하여 남명은 독후감을 써서 자신을 돌이켜 보는 방법이 이 책에 제시되어 있으니 단순한 책으로 보지 말 것을 스스로에게 경고하기도 하였던 것이다. 이같이 동질의 정신세계를 구축해 나가던 규암이었으니, 남명은 그리운 어머니의 묘갈명을 그에게 부탁을 하였고, 규암은 또 흔쾌히 썼다. 이 묘갈명에서 규암은 덧붙였다. 남명이 초연히 성인을 배우고자 해서 문득 과거를 폐하고 경의敬義 공부에 힘써서 굳게 자신을 잡아 입지를 확보하였고, 세속을 따라 진퇴進退하지 않은 것은 모두 그 부모님의 가르침에 기인한 것이었음을 말이다. 예나 지금이나 부모의 역할은 이렇게 중요한 것이다.

3. 아버지에게서 받은 기개

조식의 아버지 언형彦亨의 자는 형지亨之이며 본관은 창녕이다. 연산군 갑자년에 문과에 뽑혀, 정랑正郎을 거쳐 벼슬이 판교判校에 이르렀다.

조언형과 강혼姜渾은 어릴 때부터 죽마고우였으며 성장하여서도 변하지 않았다.

조언형은 성품이 악한 것을 미워하고 착한 것을 좋아해서, 세속과 더불어 잘 화합하지 못했기 때문에 전랑銓郎에서 집의執義에 이르기까지 수많은 고생을 하였다.

강혼과는 어려서부터 친한 사이였으나 그가 연산군에게 한 짓을 보고 대단히 분해하고 미워하였다. 그가 1507년(丁卯)과 1508년(戊辰) 사이에 단천군수端川郡守로 있을 때, 강혼이 감사가 되어 그 고을을 순시하러 온다는 말을 듣고, 드디어 돌아갈 행장을 차리고는 집안 사람에게 말하여 탁주 한 통을 준비하라고 하였다.

이때 아전이 말했다.

"감사가 장차 가까이 오시는데, 예법에 따라 마땅히 나가서 맞이해야 하지 않겠습니까?"

그러나 조언형은 병이 들었다고 하면서 나가지 않았다. 날이 어둡자 감색 직령直領[깃을 곧게 만든 웃옷]에 귀인이 신는 분투分套를 끌면서 종에게 술통을 메게 하고 바로 강혼이 있는 곳으로 갔다. 그리고 큰 소리로 불렀다.

"혼지渾之[강혼의 자] 있느냐! 혼지 있느냐!

강혼이 그 목소리를 듣고 급히 일어나서 문을 열고 웃으면서 맞이했다.

"나 여기 있네."

조언형이 자리에 앉아 안부도 묻기 전에 먼저,

"날이 찬데 자네 한 잔 마시려나?"

하고는, 스스로 큰 잔을 들어 마시는데 안주가 없었다. 강혼이 역시 제 손으로 부어 마시기를 세 순배가 지났을 때 조언형이 말했다.

"자네가 지난날에 한 짓은 개돼지만도 못하네. 자네가 먹다 남긴 것은 개돼지도 먹지 않을 걸세. 자네가 젊었을 때에는 총명하고 민첩해서 내가 사귈 만 하다고 여겼더니, 어찌 작은 재주를 믿고 몸가짐을 그렇게도 보잘 것 없이 하는가? 살아 있다고 하나 죽은 것만도 못하다 하겠네. 내가 글을 보내서 절교하려 하다가 한 번 만나보고 꾸짖으려 하던 참이었는데, 마침 이렇게 서로 보게 되었으니 잘 되었네. 나는 내일 떠날 것이네."

조언형은 '다시 한 잔 더 마시자' 고 하면서 또

남명이 쓴 아버지의 묘갈명 초고

남명의 아버지 조언형의 묘갈

석 잔을 연거푸 주니, 강혼은 머리를 숙인 채 아무런 말없이 눈물만 흘릴 따름이었다. 이튿날 조언형은 드디어 벼슬을 버리고 가버렸다.

♧

박동량朴東亮(1569~1636)의 『기재잡기寄齋雜記』 등에 나오는 이야기다. 박동량은 이 글에 이어서 조언형(1469~1526)이 뒤에 판교에 이르렀다 죽었다는 것과, 남명의 강한 기개는 아버지로부터 받은 것이라는 세간의 말도 함께 전했다. 위에서 보듯이 조언형은 불의를 무엇보다 미워하였다. 강혼(1464~1519)은 1498년(연산4) 무오사화 때 김종직金宗直(1431~1492)의 문인이라 하여 장류杖流되었다가 얼마 뒤에 풀려나고, 연산군에게 극도로 아첨하는 시를 올려서 도승지都承旨가 된 사람이었다. 여기에 대하여 조언형은 질책하며 그와 절교를 하고자 했던 것이다. 조언형이 상관인 친구의 행실이 나쁘다는 사적인 이유로 공무를 버리고 떠났다는 것은 조금 과장되어 있는 듯하나, 박동량은 그것의 사실 여부보다 조언형의 기개를 강조하고자 했다.

조언형은 내외의 높은 관직을 두루 겪었지만 조촐하고 곧다는 평가를 사람들로부터 받았다. 그는 연산군 10년(1504) 정시庭試에 합격을 하여 이조정랑吏曹正郞, 집의執義, 수령守令, 승문원판교承文院判校를 두루 역임하였다. 일찍이 제주목사濟州牧使로 임명되었으나 병 때문에 사직서를 내고 부임하지 않았다. 그러나 어떤 사람이 그가 좌천으로 여겨 어려운 곳을 피한다고 무고함으로써 조정에서 그의 관직을 모두 삭탈하였다. 이 같은 상황에서 1526년 58세의 나이로 세상을 떠자 아들 식은 아버지의 시신을 염하고 한 달이 지나자 그 억울함을 조정에 호소하였다. 그리하여 드디어 판교 이하의 관직을 회복하게 되었다. 이로써 상여를 뫼시고 삼가의 선영 밑에 장사지낼 수 있었다. 남명의 슬픔은 이루 말할 수 없었다 하겠는데, 잠깐 당시의 상황을 들여다보기로 하자.

이어서 산 밑에 여막을 짓고 밤낮으로 애모하면서 피눈물을 흘렸다. 모진 병이 아니면 상복을 벗거나 띠를 풀지 않았고 자리에서 떠나지도 않았다. 조문 온 사람이 있으면 엎드려 울며 절만 할 뿐, 함께 앉아서 이야기를 나누지 않았다. 집에 있는 종들에게도 명하여 상례 기간을 마치기 전에는 특별히 긴요한 일이 아니면 집안 일로 와서 말하지 못하게 했다.

기일忌日이 되면 애모하기를 초상 때와 같이 하였다. 무릇 제사에는 반드시 정성껏 제물을 준비하였다. 심지어 굽고 지짐이 적당한지, 씻고 닦음이 깨끗한지를 반드시 몸소 보살폈다.

모두 『남명집』 「편년」의 기록이다. 남명은 그가 스물 여덟 살이 되던 해인 1528년에 상복을 벗었다. 그리고 아버지를 추모하기 위하여 '아아! 여기가 내 선고先考의 묘소이다. 삼대三代가 같은 산에 있어 고조·증조·조부의 비갈이 여기에 있다'로 시작하는 묘갈명을 지었다. 아버지의 묘갈명을 쓰면서 남명은 진솔하게 쓰는 것이 다른 사람을 속여 자신의 아버지를 부끄럽게 만들지 않는 일이라고 보았다. 특히 아버지의 곧은 지조를 존경했다. '벼슬살이를 이십 년 동안 하였지만 돌아가셨을 때 예를 갖출 수가 없고, 집에서는 먹고 살 길이 없었으니, 자손들에게 남겨 준 것은 분수에 만족하라는 것뿐이었다. 두 임금을 내리 섬기면서 특히 수고하고 힘썼지만 품계는 3품에 지나지 않았으니, 그가 세상에 구차하게 아첨하여 영화를 취하지 않았음을 알 수 있다.' 고 하면서 말이다.

남곤南袞(1471~1527)이 뒷날 남명의 이 글을 보고 탄복하였다. "세상에 다시없는 고문이로다. 문장은 고문을 쓰는 법도에 맞으며 의리는 정자程子가 자신의 집안 조상들의 전기 쓰는 방식을 본받았다. 원망하는 듯 비방하는 듯하면서도 어지럽지 않으니 모든 장점이 모두 모여 있는 글이로다." 라고 한 것이 그것이다.

남곤이 비록 1519년 기묘사화를 일으켜 홍경주洪景舟와 심정沈貞 등 사장파의 훈구 재상勳舊宰相들과 더불어 이상 정치를 주장하던 조광조趙光祖, 김정金淨, 김식金湜 등 젊은 신진파를 몰아내기는 하였지만 문장으로는 이름이 있었다. 이 때문에 우리는 그의 평가에 귀기울일 필요가 있다. 남명의 고문에 대한 능력은 젊은 시절부터 알려져 있었고 그것에 대한 첫 번째 평가가 선고의 묘갈명으로 증명되었던 것이다. 좌구명과 류종원의 글을 즐겨 읽으면서 세속에 얽매이지 않고 공명과 문장으로 뜻 세우기를 스스로 기약하여, 일세를 이끌고 천고의 학문을 섭렵할 뜻을 가졌기 때문에 가능했던 것으로 보인다.

남명은 항상 '조선기절지최朝鮮氣節之最' 로 평가 받는다. 조선 선비 가운데 기절로서 으뜸이라는 것이다.

『남명집』을 펼치면 가장 먼저 만날 수 있는 작품, 「서검병증조장원원書劍柄贈趙壯元瑗」. 여기서 남명은 칼을 소재로 조금도 움직이지 않는 부동의 자아와 광막한 하늘로 자유롭게 뻗어가는 역동의 기상을 드러냈다. 그리고 「을묘사직소」나 「무진봉사」 등에서 16세기 조선의 난맥상을 거침없이 폭로하며 강개한 어조로 시정을 요구하였다. 어디 이 뿐인가? 하늘이 때려도 울지 않는 지리산 천왕봉, 대붕이 날아 마침내 도달하는 남쪽 바다 남명南冥, 어느 것 하나 강한 기상이 실리지 않은 것이 없다. 이 같은 기상의 연원을 우리는 위의 설화를 통해, 그가 존경해 마지않았던 아버지에게서 찾아보았다.

남명의 선영

4. 험난한 시련 속에서

1) 아홉 살의 고비

선생이 9세 되던 해에 병을 몹시 앓아 위독하였는데 어머니가 매우 걱정하였다. 선생은 문득 병을 참고 기운을 돋우어서 조금 나은 것처럼 하면서 이렇게 말했다.

"하늘이 사람을 어찌 헛되이 냈겠습니까? 이제 제가 다행히 사내로 태어났으니 하늘은 반드시 저에게 시키는 바가 있어, 크건 작건 간에 사업을 이루게 하실 것입니다. 어찌 갑자기 죽을까를 걱정하겠습니까?"

어머니를 비롯해서 듣는 사람들이 대단히 기특하게 생각했다.

♧

어느 부모가 그렇지 않겠는가만, 이씨 부인은 어린 남명의 병을 몹시 걱정한다. 그러나 거기에 대한 남명의 태도가 의연하다. 세상에 태어났으니 반드시 사업이 있을 것이라는 생각이었다. 하늘이 이 사업을 성취시키고자 한다면 그렇게 쉽게 죽지는 않을 것이라는 생각이었다. 이는 일찍이 공자가 노나라 애공 3년 송나라를 지날 때 사마환퇴司馬桓魋가 자신을 죽이려 하자 하늘을 보며 말한 것과 일치한다. 즉 '하늘이 나에게 인류구제를 위한 덕을 내려 주셨는데 저 환퇴가 나를 어찌하겠는가!' 라는 일갈이 그것이다. 공자의 사명의식이 천하를 구제하는 데 있었듯이, 남명의 사명의식 역시 현실구제에 있었다. 「무진봉사」 등에서 끊임없이 천덕天德을 바탕으로 한 왕도王道의 실천을 강조하고 있다는 측면에서 우리는 이 같은 사실을 충분히 알 수 있다.

남명은 대장부로서의 강건한 사명의식이 있었으나, 이처럼 아홉 살에 큰 병을 앓았고, 장년에는 두통으로 괴로워한다. 이 두통은 만년에 현기증으로 이어져 방안에 편안히 앉아 있다가 자신도 모르게 쓰러지기도 하고, 갑자기 눈 앞이 깜깜하여 땅에 주저앉기도 하고, 그리하여 결국 선조의 제사에 가서 절을 할 수 없는 지경에까지 이른다.

설상가상으로 가족의 질병과 죽음 역시 남명에게 커다란 고통으로 육박해 왔다. 신계성申季誠(1499~1562)에게 전한 글을 보면 '집안이 망해가는 것을 앉아서 지켜보고만 있는 처지인지라, 항상 죽는 것만 못하다고 생각한지 오래입니다. 어머니의 병환은 끊이질 않고, 처의 병세도 더욱 심해 피눈물을 밤새 흘립니다. 훌쩍 먼 곳으로 달려가고 싶지만 그렇게 할 수도 없고, 그대를 만나고 싶

故天將降大任於是人也必先苦其心志勞其
筋骨餓其體膚空乏其身行拂亂其所為所以
動心忍性曾益其所不能 曾與增同

『맹자』「고자장구하」 부분

은 마음 항상 간절하지만 늘 그러질 못하고 있습니다. 일마다 참으로 고통스럽습니다.' 라 하고 있다. 남명은 여기서 '읍혈종소泣血終宵' 라고 하였다. 어머니와 아내의 병으로 인한 고통을 극대화한 표현이라 할 것이다. 우리는 여기서 남명의 시련이 얼마나 험난한 것이었던가 하는 사실을 가슴 저리게 느끼게 된다. 그러나 그러한 시련이 결국 그를 대인으로 만들 수 있었을 것이라는 사실도 알게 된다. 여기서 떠오르는 저 유명한 『맹자』「고자장구告子章句」의 구절 하나!

> 하늘이 장차 큰 임무를 이 사람에게 내리려고 하실 때는, 반드시 먼저 그 마음과 뜻을 괴롭히며, 그 힘줄과 뼈를 수고롭게 하며, 그 몸과 살갗을 굶주리게 하며, 그 자신을 궁핍하게 하며, 행동을 함에 있어 그 할 바와 어긋나게 한다. 이것은 마음을 충동하고 성품을 단련시켜서 일찍이 그 부족한 부분을 보완해주고자 하는 까닭에서이다.

2) 죽어도 가난은 말하지 않으리

삼족당이 남명의 가난을 염려하여 죽으면서 유언을 했다.

"해마다 곡식 얼마씩을 남명에게 보내주도록 하라."

선생의 가난을 구제할 것에 대해 명령한 것이다.

그러나 선생은 그 곡식을 받지 않고 다음과 같은 시를 지어 고마움을 표했다.

사마광에게도 받지 않은 것은,	於光亦不受
그 사람이 바로 유도원이었지.	此人劉道源
이 때문에 호강후는,	所以胡康侯
죽음이 이르도록 가난을 말하지 않았다네	至死貧不言

♧

『남명집』「편년」 등에 두루 나오는 이야기다. 이때 지었던 남명의 시는 「삼족당이 유언으로 해마다 보내주라고 한 곡식을 사양하며[辭三足堂遺命歲遺之粟]」였다. 이 간단한 일화에서 우리는 남명의 가난을 충분히 이해할 수 있다. 위의 시에는 사마광司馬光, 유서劉恕, 호안국胡安國 등 세 명의 송나라 인물이 등장한다. 사마

청도의 '삼족대' 현판

광은 19년에 걸쳐 저술한 편년체 역사서인 『자치통감資治通鑑』을 지은 사람으로 유명하다. 이 사마광이 『자치통감』을 저술하다가 복잡하여 처리하기 어려운 곳이 있으면 유서에게 맡겨 이를 처리하도록 하였다. 도원道源은 바로 유서의 자이다. 유서는 집이 매우 가난하여 겨울에도 추위를 막을 의복이 없었다고 한다. 이를 안타깝게 여겨 그가 하직하고 남쪽으로 갈 때 사마광이 옷 몇 벌을 유서에게 주었더니 받지 않으려고 했다. 사마광이 굳이 주자, 받아 가지고 영주穎州에 이르러서 봉하여 다시 돌려보냈다 한다. 이를 생각하면서 평생 춘추를 깊이 연구하여 『춘추전春秋傳』을 지었던 호안국 역시 가난을 말하지 않았다는 것이다. 강후康侯는 호안국의 자이다. 이처럼 남명은 중국의 고사를 인용하여 삼족당의 유언과 관련한 자신의 가난에 대한 입장을 명확히 정리하였던 것이다.

삼족당三足堂은 김대유金大有(1479~1551)의 호인데, 그는 누구인가? 『기묘당적보己卯黨籍補』에 의거해서 잠시 살펴보자. 그의 자는 천우天祐, 본관은 김해이며, 탁영濯纓 김일손金馹孫(1464~1498)의 조카이다. 삼족당은 대대로 청도에 살았는데, 무인년(1518년)에 공천을 받아 전생직장典牲直長이 되었다가 기묘년(1519년)에 정언으로 사직하고 돌아왔으며, 칠원漆原현감으로 부임하였다가 3개월 만에 고향으로 돌아왔다. 을사년 복과 때에도 나가지 않고 운문산雲門山 속 우연牛淵 가에 삼족당三足堂을 짓고 거기서 생활하면서 세상을 마쳤다.

집의 이름을 '삼족'이라 한 데는 그럴 만한 이유가 있었다. 즉 '나이 60을 지냈으니 수명도 이미 족하고, 사화를 겪은 끝에 진사시에 오르고 천과薦科에 올라 대간을 거쳐 원이 되어 고을도 다스렸으니 영화도 족하고, 아침저녁으로 술과 고기가 떨어지지 않으니 먹는 것도 부족하다고 할 수 없다'는 것이었다. 이 같은 생각에 바탕하여 집 이름을 삼족당이라 하고 자신의 호로 삼았다.

남명이 그의 묘지를 지었다. 그 일부는 이러하다.

> 공 같은 사람은 세상을 뒤덮을 만한 영웅이었다. 운문산雲門山 골짜기를 지키던 사람이 지금은 세상을 떠나고 없으니, 아! 애석하구나. 내가 남을 보증하는 경우가 대체로 드문데, 유독 천하의 훌륭한 선비로 인정해 주는 사람이 공이었다. 어떤 때 보면 단아端雅한 모습으로 경사經史를 토론하는 큰 선비이고, 또 다른 때 보면 훤칠한 키에 활쏘기와 말달리기에 능숙한 호걸이다. 홀로 서당에 거처하면서 길이 노래를 부르고 느릿느릿 춤을 추기도 하는데, 집안 사람들은 아무도 그 의중을 짐작하는 이가 없었으니, 이는 그가 타고난 본성을 즐겨 노래하고 춤추는 때이다. 자연에 몸을 맡겨 낚시하고 사냥할 때에는 당시 사람들이 쫓겨난 사람인 줄 알았는데, 그것은 세상을 피해 숨어사는 것을 근심하지 않고 재주를 감추고 있는 것이다.

그러나 덕을 같이 한 내가 보기로는, 국량이 크고 깊어 부지런히 인仁을 행하고, 언론이 격앙하여 엄격히 의義를 지키는 것이었다. 선善을 좋아하였으나 자기 홀로 선을 행하였고, 크게 일을 이루려 하였으나 자기만을 이루었을 뿐이니, 천명天命인가? 시운時運인가?

사실 남명은 일정한 생업이나 봉록 없이 일생동안 처사의 신분으로 살았지만 통혼관계에 의한 재지적 기반은 결코 무시할 수 없었다. 즉 어머니의 집안과 아내의 집안이 자못 부유하였으므로 거기에 따른 토지와 노비 등을 받았다는 것이다. 그러나 남명은 만년으로 갈수록 심한 경제적 곤궁을 느꼈다. 「답인백서答仁伯書」에 '이 늙은이는 자신의 일도 제대로 못

삼족대 원경

하는데, 어찌 감히 남에게까지 미치겠습니까? 다만 공金孝元(1542~1590)이 나를 깊이 생각해 주는데 나는 집이 빈한하여 아무 것도 공에게 줄 것이 없으니, 참으로 부끄러워 할 일입니다' 라고 한 것을 미루어 보더라도 우리는 그의 가난을 쉽게 짐작할 수 있다. 그러나 가난이 그에게 장애가 될 수 없었다는 것을 염두에 두지 않으면 안 된다. 다음의 시편을 보자.

봄산 어딘들 방초야 없겠는가?	春山底處無芳草
다만 천왕봉이 상제와 가까이 있음을 사랑해서이네.	只愛天王近帝居
맨손으로 왔으니 무엇을 먹을 건가?	白手歸來何物食
은하수 맑은 물이 십리에 흐르니 먹고도 남으리.	銀河十里喫猶餘

위의 시는 남명이 61세에 지리산 아래 덕산으로 거처를 옮기면서 지은 「덕산복거德山卜居」이다. 이 시에서 남명은 지리산 가운데 덕산으로 거처를 정한 이유를 말하고 있다. 즉 봄산 어디나 방초가 있으니 이걸 먹으며 아무 곳에서나 살 수가 있지만, 유독 거처를 덕산으로 정한 것은 천왕봉이 상제와 맞닿아 있음을 사랑하기 때문이라는 것이다. 사실, 산천재 마당의 오래된 매화 곁에서 서북쪽으로 보면 천왕봉이 하늘을 향해 치솟은 장대한 모습을 볼 수 있다. 남명이 날마다 보면서 하늘을 품고 사색에 잠겼을 그 만고萬古의 천왕봉天王峰을 말이다.

3구의 '백수'는 오늘날 취직을 하지 못해서 하는 일 없이 빈둥대는 그 백수와 같은 의미이다. 남명은 무엇 때문에 백수라는 말을 사용했을까? 그에게 적실 소생의 아들이 없었으므로 남명은 자기 앞으로 되어 있던 토지와 장자長子로서의 권리를 모두 동생인 조환曺桓에게 물려주었기 때문이었다. 말 그대로 손에 아무것도 들려있지 않은 백수였던 것이다.

백수는 자유인만이 가질 수 있는 위대한 손이기도 하다. 남명은 이 손을 가졌으므로 자연 속에서 오히려 풍족할 수 있었다. 4구에서 보는 것처럼 그는 백수였지만 십 리에 흐르는 은하수는 먹어도 남는다고 하였

산천재 답사

다. 이 물은 아마도 산천재 앞을 흐르는 덕천德川을 가리키는 것이리라. 덕천은 중산리에서 내려오는 시천과 대원사에서 내려오는 삼장천이 합쳐지면서 생긴 물줄기다. 결국 남명은 산천재에서 백수로서 자유롭게 살고 싶었던 것이다. 부귀를 움켜쥐고 있는 흑수黑手가 도저히 흉내낼 수 없는 것임은 말할 필요도 없다.

남명은 그야말로 백수白手였으나 심경은 오히려 자연과 일체가 되어 풍요로웠다. 남명은 이 시에서 문답의 형식을 반복하는 기법을 통해 상제와 더욱 가까이 하고 싶은 생각과 그로 인해 풍요해진 정신적 삶을 곡진히 폈다. 일찍이 남명은 이 시를 권응인權應仁에게 적어주면서 '이제부터 다시 십 년 동안 이 물을 더 마시게 된다면 산수의 도적이 될 것' 이라고 말한 적이 있다. '산수의 도적' 이란 자연을 훔쳤다는 것이니, 우리는 여기서 남명이 그의 시련을 어떻게 극복해 나가는가 하는 것을 배우게 된다.

3) 아아! 차산이 죽다니

① 선생이 44세 되던 해인 1544년 6월에 아들 차산을 잃었다.

차산은 어려서 뛰어나게 총명하였다. 일찍이 기르는 개가 먹이를 다투어 으르렁대는 것을 보고 탄식하면서,

"옛날 진씨陳氏의 개는 백 마리가 한 울안에 살

았는데 우리 집 개는 그렇지 못하니 실로 마음에 부끄럽구나."
라고 하였다.

또한 산해정에서 글을 읽고 있는데, 하루는 초헌을 타고 길을 지나가는 행차가 있었다. 그 행차가 매우 거창하여, 함께 배우던 아이들은 모두 다투어 구경하고 부러워했지만 차산은 홀로 태연히 글을 읽으며 조용히 말했다.

"장부의 할 일이 어찌 거기에 있겠는가?"

선생이 기특하게 여겨 사랑하였으나 불행히도 일찍 죽었다.

② 남명에게는 차산次山이라는 도술道術을 잘 부리는 아들이 있었다. 이 차산의 도술은 바람과 비를 부를 뿐만 아니라 신출귀몰하여 서산대사西山大師도 차산의 도술을 능가하지는 못했다.

이처럼 아들이 도술에 뛰어난 것을 보고 남명은 차산이 혹시 도술을 남용하여 세상을 그르칠까 염려하여 산해정 뒷산에 굴을 파고 감금하였다. 굴에 갇힌 차산은 때에 맞춰 먹을 것을 주는데도 불구하고 굴에서 벗어나기 위하여 온갖 꾀를 다 썼다. 그가 탈출하기 위하여 힘을 쓸 때마다 산이 부풀어 올랐다고 한다.

차산이 죽고 나서 그의 이름을 따서 조차산曺次

산해정 현판

山, 혹은 차산등이라고도 한다.

♧

앞의 이야기(①)는 『남명집』「편년」에 전하니 문헌설화라 하겠고, 뒤의 이야기(②)는 지명유래전설로 김해지방에서 전하는 구비설화인데 맞춤법에 맞게 옮겨 놓은 것이다.

앞의 이야기는 차산이 전아한 유학자로 성장할 수 있는 가능성을 지니고 있다는 것을 보여준다. 즉 자기 집 개들이 먹이를 다투는 것을 보면서 부끄러워했다든가, 출세하는 것에 자신의 뜻이 있지 않다는 것을 명확히 한 점 등이 그것이다. 특히 남명이 이 같은 아들을 사랑하였다는 것을 적고 있다. 사랑하는 아들의 죽음은 남명에게 실로 충격적인 것이었다. 아홉 살박에 되지 않은 아들이었기에 그 충격은 더욱 컸을 것이다.

남명 역시 아홉 살 때 병으로 위독한 적이 있었으니, 아홉 살이 남명부자에게는 커다란 고비였다. 남명은 그 고비를 잘 극복하였으나, 차산은 그렇지 못했다. 차산이 죽자 남명은 다음과 같은 슬픈 시를 짓는다.

집도 없고 아들도 없는 게 중과 비슷하고,	靡室靡兒僧似我
뿌리도 꼭지도 없는 이내 몸 구름 같도다.	無根無蔕我如雲
한 평생 보내자니 어쩔 수 없는 일,	送了一生無可奈
여생을 돌아보니 머리가 흰 눈처럼 어지럽도다.	餘年回首雪紛紛

남명은 아들이 죽고 난 다음의 슬픈 심경을 중과 구름에 견주었다. 집도 아들도 없는 것이 중과 비슷하다고 했다. 김해에서 처가살이를 하였기 때문이었고, 또 차산이 죽었기 때문이었다. 외로운 삶에 대한 단면을 그렇게 표현한 것이다. 여기서 구름을 떠올리며 더욱 절망한다. 남명은 장자莊子처럼 '한 조각 구름이 뭉게뭉게 일어나는 것은 나는 것[生]이요, 한 구름이 멸하는 것은 곧 죽는 것[死]이다' 라고 말할 수 없었다. 아들의 죽음은 그에게 엄청난 절망감을 가져다주었기 때문이다. 문제는 이 절망 속에서 한 평생을 살아가야 한다는 데 있었다. 그 고뇌에 머리카락이 흰 눈처럼 어지럽다고 하면서 암흑 같은 남은 생애를 돌아본다. 우리는 여기서 의식을 칼날같이 곧추 세운 대사상가로서의 남명이 아니라, 아들의 죽음 앞에 슬퍼하는 자상한

아버지로서의 남명을 만나게 된다. 자식을 잃은 아버지의 애상적 어조가 잘 나타나 있는 현대시 한 수를 감상하고 가자. 1930년 『조선지광』 89호에 발표되었던 정지용의 「유리창1」이 그것이다.

유리琉璃에 차고 슬픈 것이 어른거린다.
열없이 붙어 서서 입김을 흐리우니
길들은 양 언 날개를 파닥거린다.
지우고 보고 지우고 보아도
새까만 밤이 밀려나가고 밀려와 부딪치고,
물먹은 별이 반짝, 보석처럼 박힌다.
밤에 홀로 유리를 닦는 것은

조차산과 복원된 신산서원

외로운 황홀한 심사이어니,
고운 폐혈관肺血管이 찢어진 채로
아아, 늬는 산山새처럼 날아 갔구나!

정지용(1902~1950)

이 시에서는 죽은 자식에 대한 그리움을 극도의 절제된 감정을 비정하리만큼 차갑게 표현하고 있어 남명의 시와는 또 다른 느낌을 준다. 유리창에 가까이 서서 죽은 아이를 생각하는 시적 화자는 창 밖 어둠의 세계로 날아가 버린 어린 생명의 모습을 한 마리의 가련한 '새'로 형상화하여 '차고 슬픈 것이 어른거린다'고 말하고 있다. '밀려나가고 밀려와 부딪히는 어둠'은 화자의 어둡고 허망한 마음과 조응照應이 되고, '물먹은 별'이라는 표현은 별을 바라보는 화자의 눈에 눈물이 어려 있음을 나타낸다. 특히, 이 시에서 '외로운 황홀한 심사'와 같은 관형어의 모순 어법은 표현이 독특하다. '외로운' 심사는 자식이 죽은 정황에 비추어 볼 때 당연하거니와 '황홀한' 심사는 유리창을 닦으며 보석처럼 빛나는 별에서 죽은 아이의 영상을 볼 수 있는 데 기인한 것이라 하겠다.

뒤의 이야기는 조차산이라는 이름이 어떻게 해서 불리게 되었는가를 설명하고 있으니 지명유래전설이라 하겠다. 그러나 여기에는 자식에 대한 남명의 엄격한 교육, 차산의 대단한 능력, 차산의 요절에 대한 언중言衆의 안타까운 마음 등이 두루 나타난다는 측면에서 중요하다. 남명의 엄격한 교육은 감금을 통해 알 수 있다. 바람과 비를 부를 뿐만 아니라 신출귀몰한 도술을 부리니 남명은 차산이 세상에 잘못 쓰일까를 걱정한 조처였다. 차산의 대단한 능력은 도술로 알 수 있다. 당대 도술로 가장 이름이 있었던 서산대사와 견주어 결코 뒤지지 않았다는 데서 알 수 있다. 그리고 차산의 요절에 대한 안타까움은 전승 민중이 산 이름과 관련한 전설을 만들어냈다는 자체에서 알 수 있다. 조차산 설화는 기본적으로 아기장수 이야기에 영향을 받아 이루어진 것으로 보인다. 아기장수 이야기의 의미단락은 대체로 다음과 같다.

(가) 옛날 어느 곳에 한 평민이 살았는데, 산의 정기를 받아서 겨드랑이에 날개가 있고 태어나자 이내 날아다니는 장사 아들을 낳았다.

(나) 그런데 부모는 이 아기장수가 크면 역적이 되어서 집안을 망칠 것이라고 하여 아들을 돌로 눌러 죽였다.

(다) 아기장수가 죽을 때 유언으로 콩 다섯 섬 팥 다섯 섬을 같이 묻어 달라고 하였다.

(라) 얼마 후 관군이 와서 아기장수를 내놓으라고 하여, 부모가 이미 죽였다고 하면서 무덤을 가르쳐 주어서 가 보았더니, 콩은 말이 되고 팥은 군사가 되어 아기

장수가 막 일어나려고 하는 것을 관군이 성공 직전에 다시 죽였다.

(마) 그 후 아기장수를 태울 용마가 근처의 용소에서 나와 주인을 찾아 울며 헤매다가 용소에 빠져 죽었다.

(바) 지금도 그 흔적이 있다.

아기장수는 태어나 며칠이 되지 않아 두 번 죽임을 당한다. 첫 번째 죽음은 무정한 부모에 의해 이루어지는데, (나)가 그것이다. '역적이 나면 집안이 망한다'는 이유에서였다. (다)와 같이 재기를 시도해보지만 관군에 의해 두 번째 죽음을 맞이한다. (라)가 그것이다. 역적으로부터 통치 질서를 보호하고 유지하기 위한 것이었다. 이렇게 해서 죽은 아기장수 이야기와 관련된 흔적이 (바)와 같이 지금도 남아 있다는 것이다. 이렇게 보면 아기장수 이야기는 '대단한 능력을 가진 아이를 낳은 부모가 나라를 어지럽힐 것을 염려하여 그 아이를 죽였는데, 이와 관련된 흔적이 지금도 남아 있다'는 것으로 요약된다. 이것은 조차산 이야기와 일치되는 부분이다. 즉 도술에 뛰어난 차산을 남명이 장차 나라를 어지럽힐 것을 염려하여 감금해 죽였는데, 그 흔적이 조차산이라는 이름으로 남아 있다는 것이다.

이같이 두 이야기의 기본구조가 같다고는 하나 조차산 이야기는 아기장수 이야기와 같이 극적으로 성장할 수 없었다. 그것은 (가)에서 보듯이 부모가 평민이 아니라는 사실에 기인한다. 아기장수 이야기는 통치자와 평민이라는 상 · 하의 계층적 구조로 이루어졌지만 조차산 이야기는 그렇지 못하다. 따라서 (다), (라), (마)가 생략될 수밖에 없었고, 용마의 이야기도 없어 (바)가 있기는 하나 산이 되고 말았다. 결국 아기장수의 죽음이 관군으로 상징되는 통치질서에 근원하고, 조차산의 죽음이 나라를 그르칠 것을 염려한 때문이니 이들의 죽음은 개인적인 것이라기보다 국가적이다. 그런데도 불구하고 조차산의 아버지 남명이 처사라고는 하나 양반계층에 소속되어 있으며, 차산 역시 병을 얻어 요절한 역사적 인물이니 그 이야기가 왜소

김천시 지례면의 아기장군묘

해 질 수밖에 없었다. 그러나 우리는 차산의 죽음을 아쉬워 한 민중의 마음을 이 이야기를 통해 충분히 감지하게 된다.

용소의 흔적을 남기고 있는 대부분의 아기장수 전설과 달리 구체적인 묘소의 형태로 남아 있는 곳이 있다. 김천시 지례면 울곡리 안기터마을 뒷산에 있는 아기장수 묘소가 바로 그것이다. 그 묘소 앞에는 비석이 하나 서 있는데, 앞면에 '아기將軍金寧金公之墓' 로 되어 있고, 뒷면에 한글로 된 비문이 있다. 이 비는 김수성金洙聲, 김용오金溶五 등 김녕 김씨 12명이 1997년 3월에 세운 것이다. 구전으로 전해지던 무덤을 기념하기 위해서 그 후손이라 생각하는 사람들이 세운 것이다. 비문은 이렇다.

> 김령 김씨 가문에 날개 달인 아기가 태여나 三일만에 몸이 둥둥 뜨고 八살에 다 자라 뒷산 발미한 나무를 하루밤사이에 다 날랏다. 소문이 펴저 상감이 알고 잡으오라 명하니 부모가 삼족을 멸함을 방비코자 술을 먹인 후 호미를 달구어 날개를 지져 죽이니 국가의 손실이라. 겨드랑에 날개가 나면 역절질을 한다는 속설 때문에 무지한 일을 햇지만 七일만에 환생하여 백천에 용마가 나타나 타고 승천하였다. 후손이 애처러운 마음에 이 비를 세우다. 정축년 춘삼월 일.

띄어쓰기와 문장부호만 간단히 첨가 하여 읽기 쉽도록 했다. 위에서 제시한 아기장수 전설의 의미단락과 비교할 때 많이 변형되어 있지만 이야기의 기본 구조는 대체로 갖추고 있다. 김녕 김씨들은 오랫동안 전해오는 이 같은 이야기를 근거로 아기장수가 묻혀 있다고 믿어오던 무덤에 비를 세웠지만, 용마가 나타나 타고 승천했다는 아기장수와 무덤 속에 묻혀 있다는 아기장수에 대한 모순상황을 설명하지는 못한다. 그러나 그들은 아기장수의 후손이라고 믿기 때문에 오늘날도 그 무덤은 이들에 의해 벌초되고 또한 묘제가 거행된다. 남명의 아들 조차산 이야기에 덧붙여 특별히 적어둔다.

아기장군 무덤에 매년 묘사를 지내는 할머니

4) 단성소에 따른 위기

① 조남명이 단성현감으로 임명되었으나, 사양하여 나가지 않고 글을 올렸다. 거기에는 심지어

"대왕대비께서는 깊은 궁궐의 한 과부에 지나지 않습니다!"

고 한 말까지 있었다. 임금이 크게 노하여 승정원에 글을 내리되,

"그 글을 보니 불공不恭한 말이 많으므로 큰 죄를 주려고 하였으나, 명색이 은사隱士이기 때문에, 일단 그대로 두어 다스리지 않는다."

고 하였다. 그래서 모든 벼슬아치들도 그가 죄를 얻지 않은 것을 다행이라 하였다.

② 퇴계가 남명의 상소문을 보고 사람들에게 말했다.

"대개 소장疏章은 원래 곧은 말을 피하지 않는 것을 귀하게 여기는 것이다. 그러나 모름지기 자세하고 부드러워야 하며, 뜻은 곧으나 말은 순해야 하고, 너무 과격하여 공순하지 못한 병통이 없어야 할 것이다. 남명의 소장은 요즈음 세상에서 참으로 얻어 보기 어려운 것이겠지만, 말이 지나쳐 일부러 남의 잘못을 꼬집어 비방하는 것 같으니, 임금께서 보시고 화를 내는 것도 무리는 아니다."

③ 내가 젊었을 때 남명의 상소를 보니, 말하기를

"자전은 생각이 깊으시나 깊은 궁중에 있는 한 과부에 지나지 않고, 전하께서는 어리시어 선왕의 한 외로운 아드님에 지나지 않습니다."

라고 하여 말이 너무 준절했다. 지금 생각하면, 신하가 임금에게 진언하는 데는 마땅히 충성과 공경만을 다해야 할 뿐이요, 이같이 규각圭角을 나타내서는 안 될 일이다. 이 때 권간들이 조정에 있었으나, 처사의 큰 소리 치는 것이라 해서, 감히 죄 주지 못했다 한다. 퇴계나 회재의 상소 중에 일찍이 이런 글귀들이 있었던가?

♧

앞의 두 글(①, ②)은 퇴계가 『퇴계집』에서 한 발언이고, 마지막의 글(③)은 윤국형尹國馨이 『문소만록聞韶漫錄』에서 한 발언이다. 1555년 조정으로부터 남명에게 단성현감의 벼슬이 내려오고, 남명은 이를 사양하면서 추상같이 당대의 시정時政을 비판하였다. 남명은 이 상소문에서 중앙의 관리들은 자신의 세력을 키우고 뇌물을 끌어 모으는 데 혈안이 되어 있고, 지방의 벼슬아치들 역시 백성을 수탈하는 데만 정신이 팔려 있다고 하면서 당대의 현실을 신랄하게 비판하였다. 특히 윤원형을 중심으로 한 훈척세력과 이와 연계된

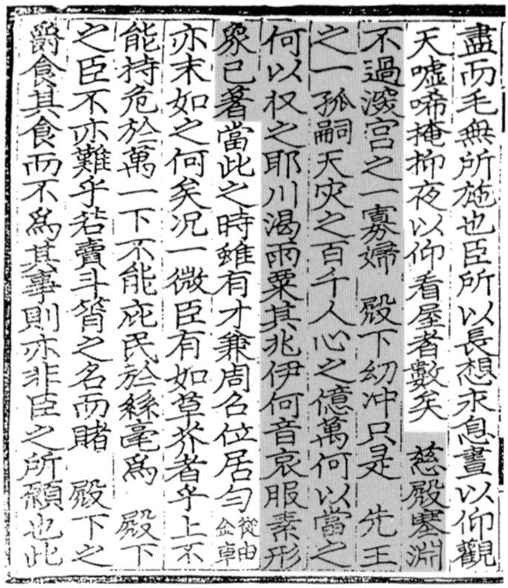

盡而毛無所施也臣所以長想永息晝以仰觀
天噓唏掩抑夜以仰看屋者數矣 慈殿塞淵
不過深宮之一寡婦 殿下幼冲只是 先王
之一孤嗣天灾之百千人心之億萬何以當之
何以收之耶川渴雨粟其兆伊何音哀服素形
象已著當此之時雖有才兼周召位居勻(從由 金車)
亦末如之何矣況一微臣有如草芥者乎上不
能持危於萬一下不能庇民於絲毫爲 殿下
之臣不亦難乎若賣斗筲之名而賭 殿下之
爵食其食而不爲其事則亦非臣之所願也此

「을묘사직소」 일부

권력층의 횡포는 심각하였다. 당시 사관이 '윤원형 등은 물욕을 한없이 부려 백성의 이익을 빼앗는데 못하는 짓이 없었다. 큰 도둑이 조정에 도사리고 있으니 그들과 결탁한 하류배들도 모두 휩쓸려 이익을 추구함이 남에게 뒤질세라 혈안이 되었다. 그들은 오직 자기만 있는 줄 알았지, 임금이 있다는 사실은 생각하지 않았다.' 고 기록하고 있는데서 사태의 심각성을 감지하게 된다. 남명 역시 조정의 단성현감 제수를 계기로 여기에 대하여 비판하고 나섰다. 남명이 그 스스로의 정결한 목을 백인白刃 위에 드러내는 것이었다. 우선 상소문의 일부를 보자.

자전께서는 생각이 깊으시기는 하나 깊숙한 궁중의 한 과부에 지나지 않고, 전하께서는 어리시어 다만 선왕의 외로운 아드님이실 뿐이니, 천 가지 백 가지의 천재와 억만 갈래의 인심을 무엇으로 감당해 내며 무엇으로써 수습하시겠습니까? 냇물이 마르고 겨우 조나 심을 정도의 비가 내리니, 그 조짐이 무엇이겠습니까? 노랫가락이 구슬프고 입는 옷이 흰색이니 나라가 어지러울 형상이 이미 나타났습니다.

여기서 남명은 빈발한 천재와 이반하는 민심을 통해 벌써 천명이 움직이고 있다고 하였다. 그 구체적인 조짐을 '혹심한 가뭄', '구슬픈 노랫가락', '흰옷을 즐겨 입는 풍습' 등을 들었다. 실록의 사관 역시 이것을 인정하여 여러 가지 천재지변을 들며, '대도가 날로 떨어지고 명절名節이 땅에 떨어진 것이 당연하며 위망危亡의 조짐이 이미 이루어졌다.' 고 하였다. 그러나 남명의 상소는 명종을 대노大怒케 만들었다. 명종은 '자전께서 생각이 깊으시기는 하나 깊숙한 궁중의 한 과부에 지나지 않는다' 는 부분과 '노랫가락이 구슬프고 입는 옷이 흰색이니 형상이 이미 나타났다' 는 부분을 지적하며 각각 '불공' 하고 '불길' 하다고 했다. 불공에 가까운 과격하고 직설적인 남명의 상소가 당대 많은 물의를 일으키기도 하지만, 우리는 이를 통해 오히려 그의 현실에 대한 강한 애착과 함께 뚜렷한 현실 개혁의지를 읽게 된다.

이 상소문에 대하여 퇴계는 남명의 상소문이 요즈음 세상에서 참으로 얻어 보기 어려운 것이긴 하나, 말이 정도를 지나쳐 비방하는 데 가깝다고 했고, 윤국형 역시 퇴계와 회재의 글에는 일찍이 없었던 일이라며 남명이 이 글을 통해 규각圭角을 드러내고 있음을 비판하였다. 그러나 남명이 언제나 자신의 규각을 드러내는 것은 아니었다. 이중열李中悅(1518~1547)이 쓴 『을사전문록乙巳傳聞錄』에 의하면 유헌游軒 정황丁熿(1512~1560)이 적소에서 14년 동안 귀양살이를 하였는데, 그가 시국의 폐해를 조목조목 열거한 글을 초한 것을 남명이 가서 보고 만류하여 올리지 않았다고 한다. 이로 보아 남명의 현실비판은 강경으로 일관하고 있는 것이 아니라 상당히 신축성이 있었던 것으로 보인다. 이는 그가 『주역』 등의 서적을 통해 '시의時宜'를 읽고 있었기 때문에 가능한 것으로, 유헌의 사례에서 충분히 알 수 있다.

남명기념관의 '남명선생상'

유헌 정황은 본관이 창원昌原으로 자가 계회季晦이고 유헌遊軒은 그의 호이다. 1536년(중종 31) 친시문과親試文科에 을과로 급제한 뒤 부정자副正字·병조정랑·형조정랑이 되었으며, 검상檢詳을 거쳐 1546년 사인舍人이 되었을 때 윤원형이 득세하자 사직하고 남원南原에 돌아가 있다가 1547년 정미벽서丁未壁書 사건에 연루되어 곤양昆陽으로 유배되었다. 이듬해에는 거제巨濟에 이배移配되고 배소에서 죽었던 인물이다.

5) 음부 옥사에 따른 비방

① 남명은 진주에 사는 과부 하종악河宗岳의 아내가 음행하였다는 일로 구암龜巖 이정李楨과 의견이 같지 않아서 절교까지 하기에 이르렀다. 그때 소재穌齋 노수신盧守愼이 부친상을 당하여 상주에서 머물고 있었는데, 이 소문을 듣고 말했다.

"남명이 평생에 벼슬을 좋아하지 않고 속세를 떠나 고고하게 지내더니, 한 부인의 음행이 무슨 관계가 있기에 친구와 절교까지 하는지 알 수 없는 일이다."

남명의 문인 유종지柳宗智가 곧 소재의 한 말을 남명에게 고하니 남명은,

"소재가 다만 전하는 말만 듣고 깊이 나의 본뜻을 알지 못하기 때문에 이런 말을 한다."

고 하였다.

② 고려 때에는 음송淫訟을 반드시 절에서 듣고 다스린 것은, 아마도 남녀 간의 은밀한 일을 밝히기가 어렵기 때문이었을 것이다. 설사 그 일이 사실이더라도 군자로서는 으레 귀를 막고 듣지 않아야 할 것인데, 하물며 그것이 사실이 아닐 수도 있음에랴!

과거 하종악河宗岳의 후처가 추문이 있었는데, 이정李楨의 첩이 종악의 후처와 인척이었으므로, 그를 위하여 힘써 소원하였다. 조남명은 종악의 전처의 딸과 인척이었으므로 후생들이 믿고서 통문을 내는 데까지 이르렀다. 남명은 또 감사에게 말하여 모든 죄수를 신문하였으나, 그 단서를 얻지 못하였고 추관은 파면되었다. 옥당의 차계는 기미機微에 관계됨이 매우 중한 것인데, 홍섬洪暹이 차계하기를,

"이제 대사헌 박응남朴應男이 아뢴 것을 보건대 '식이 사람을 서울로 보내어 조관朝官을 겁박하였고 회문回文이 나오는 데 미쳐서는 그 집에 불을 지르고 헐어 버렸다' 는 등의 일은 모두 유자儒者의 일이 아니니 간략하게나마 죄로 책망함을 보이는 것이 옳을 것입니다. 혹 곤장을 맞다가 죽게 되면 미안하니, 일의 허실은 아직 버려두소서. 사문의 큰 수치일 것입니다."
라고 하였다.

퇴계는 그 사실을 듣고 이렇게 말했다.

"조남명은 우뚝하게 세정을 벗어났고 깨끗하여 티끌 세상에 물들지 않은 인품으로 천하의 만물이 족히 그의 마음을 흔들리게 할 수 없는 사람이며, 저 시골의 한 부인의 실행 여부는 말할 수 없을 만큼 비루한 것이다. 그런데 스스로 고절을 떨어뜨려가며 남과 시비를 다투노라 심기心機를 다 허비하면서 여러 해가 되었으되, 오히려 그칠 줄 모르니 진실로 이해하지 못하겠다."

뒤에 정인홍鄭仁弘이 우뚝하게 세정을 벗어났고 깨끗하여 티끌 세상에 물들지 않았다는 말을 들어, '선생이 남명을 주과周顆에 비겨 글을 지어 기롱하였다' 고 하였다. 지금도 이야기로 전하여 오는데 그 일은 매우 비웃을 만하다.

♧

앞의 이야기(①)는 윤근수尹根壽(1533~1601)가 『월정만필月汀漫筆』에서, 뒤의 이야기(②)는 성호星湖 이익李瀷(1681~1768)이 『성호사설星湖僿說』을 통해 언급한 것이다. 위의 이야기는 모두 음부옥 및 이와 관련한 남명과 구암 이정의 절교 등 일련의 행동을 비판한 것이다. 즉 소재 노수신은 '부인의 음행이 무슨 관계가 있기에 친구와 절교하는가' 하였고, 퇴계는 '남명이 스스로 고상한 절개를 떨어뜨려가며 남과 시비를 하느라고 여러 해를 보내는가' 한 것이 그것이다. 이에 대하여 남명은 소재에게 반응을 보였듯이 그들의 비난은 자신의 본뜻을 모르기 때문이라고 하였다.

남명에게는 일곱 명의 형제가 있었지만 모두 일찍 죽고 남명과 동생 환桓만 살아남았다. 납柆이라는 형에게 딸 한 명이 있어서 진주 서면에 사는 진사 하종악河宗岳에게 시집을 가게 되는데, 그녀가 또한 딸 하나만 남기고 일찍 죽었다. 하종악은 후처 정씨鄭氏를 다시 맞이하게 되지만 얼마 있지 않아 하종악이 죽고 만다. 그런데 이 후처 정씨가 음행이 있다는 소문이 나돌았던 것이다.

구암 이정을 봉향한 구계서원

마침 남명의 지기였던 죽은 황강黃江 이희안李希顔의 젊은 후처도 좋지 않은 소문이 돌았다. 이에 구암은 경상감사 박계현朴啓賢에게 조사를 종용하고, 박계현은 김해부사이면서 내암 정인홍의 장인이었던 양희梁喜에게 부탁을 한다. 이렇게 하여 정인홍이 다시 그의 스승이 황강과 인척관계에 있으면서 절친했기 때문에 그 사실의 여부를 묻게 되었다. 이에 남명은 하종악의 후처에 대한 일을 정인홍에게 이야기해 주면서 '자신의 집안 일은 덮어두고 다른 사람의 집안 일은 들추어 내려고 한다' 면서 구암을 강도 높게 비판하였다. 이에 남명의 제자들은 남명의 묵인 하에 음부의 집을 헐어 버린다.

이 일이 조정에 알려지자 고봉 기대승은 여인의 집을 헌 것은 무뢰배의 짓이므로 처벌을 해야 한다고 강하게 주장하여 남명과 그의 제자들은 곤경에 처하게 된다. 일이 이렇게 급박하게 돌아가자 구암은 하종악의 서여동생이 자신의 첩이었을 뿐만 아니라 하종악 후처의 사촌오라비인 정몽상鄭夢祥 등과 연대하면서 하종악 후처의 일을 해결해 주려고 하였다. 이에 남명은 결국 구암과의 절교를 결심하게 된다. 이 과정에서 남명은 깊은 시름에 빠진다.

평소 나의 몸가짐이 보잘 것 없어서 오늘날의 이런 비방을 불러 온 것이니, 공이 옥처럼 자신을 지켜 남들이 감히 이러쿵저러쿵 흠잡을 수 없게 하신 점에 더욱 머리가 숙여집니다. 더욱이 공이 일찍이 질병을 얻어 세상사에 귀를 기울이지 않고 문을 굳게 닫아 버린 것이 부럽습니다.

몸가짐이 변변치 못해 견책을 불러오게 되었는데, 내 스스로 불러들인 것인지라 전혀 원망하는 바가 없습니다. 명공께서 칠십 평생 동안 남들이 감히 한마디 말도 흠잡을 수 없게 하신 점에 매번 감복할 따름입니다. 자신을 수양한 도가 없이 어찌 그럴 수 있겠습니까? 저와 같은 사람은 서리 맞은 파초처럼 행실이 잘못 되었을 뿐만이 아니라, 멀리서 걱정하고 깊이 애통해 하는 마음을 다시 명공께 끼쳤습니다. 일찍이 자신을 그르쳤고 다시 벗에게 누를 끼쳤으니, 황천에서 마주 대할 면목이 없습니다.

위의 글은 모두 대곡大谷 성운成運에게 보낸 편지의 일부이다. 위에서 보았듯이 남명은 68세 되던 해 진주에서 일어난 음부옥사의 배후인물로 지목되어 비방을 듣게 된다. 이 사건으로 인해 결국 구암과 절교하게 되고 '함께 학문을 담론한 사람조차 서로 등을 돌리게 되었다' 며 괴로워한다. 이 같은 사정은 위의 두 자료에서도 잘 나타난다. 특히 대곡과 자신을 비교하면서 자신을 철저히 비판하고 있다. 즉 대곡이 수양을 제대로 하여 칠십 평생동안 한 번도 다른 사람의 비난을 받지 않은데 비해, 자신은 몸가짐이 변변치 못해 견책을

쾌재정 현판

불러 왔다는 것이다. 서리 맞은 파초에 비유하여 자신의 고뇌를 극대화 하는 한편, 이 같은 편지를 써서 친구인 대곡에게까지 걱정을 끼치게 되었다며 자신의 고단한 심정을 토로하고 있다.

음부옥이 있기 전에는 남명과 구암은 매우 친밀한 관계를 유지하고 있었다. 1558년 4월에 떠났던 지리산 여행길은 이를 잘 말해준다. 당시 황강 이희안, 구암 이정, 그리고 질서인 하종악 등 뒷날의 음부옥과 깊이 연관되어 있는 인물들이 함께 떠났다. 4월 14일 남명은 사천에 있는 구암의 집에서 묵게 되었는데, 구암은 남명 일

쾌재정 유래비

행에게 칼국수 · 단술 · 생선회 · 찹쌀떡 · 기름떡 등을 대접했다. 4월 15일에는 고려조의 장군이었던 이순李珣의 쾌재정快哉亭을 함께 올랐다. 이밖에 여행 중에 구암의 구토가 심하자 별로 효험을 보지는 못하였지만 소합원蘇合元이나 청향유靑香油로 처방한다. 그리고 남명 일행이 청학동을 다녀오자 병 때문에 오를 수 없었던 구암은 쌍계사의 팔영루에 올라 그 일행을 반갑게 맞이하기도 한다. 특히 4월 20일 신응사에서 있었던 일화는 그들의 정감을 짐작하고도 남는다.

> 신응사는 쌍계사에서 십 리쯤 되는 곳에 있고 그 사이에 보잘 것 없는 가게가 두어 군데 있었다. 절 문간 앞에서 백 보쯤 되는 곳에 흐르는 칠불계七佛溪 근처에 이르러 말에서 내려 쭉 벌여 앉았다. 시냇물이 세차게 흐르므로 모두 말에서 내려 다른 사람의 등에 업혀 냇물을 건넜다. 절의 주지인 옥륜玉崙과 지임持任인 윤의允誼가 나와서 우리 일행을 맞이하였다. 절에 왔으나 문안으로 들어갈 겨를도 없이 곧장 앞 시냇가의 반석에 가서 그 위에 쭉 벌여 앉았다. 유독 인숙[이공량의 자]과 강이[이정의 자]를 가장 높은 돌 위에 밀어 올려 앉히고서는 '그대들은 비록 위급한 경우를 당하더라도 이 자리를 잃지 말게나. 만약 몸을 하류에 두면 올라 갈 수가 없게 되고 말 것이네' 라고 말하니, 인숙과 강이가 웃으면서 말하기를 '바라건대 이 자리를 뺏지나 말게나' 라고 하였다.

쌍계사와 청학동을 거쳐 신응사에 들어온 남명 일행이 시냇가 반석에 늘어 앉아 있다. 이 때 남명이 구암을 높은 돌 위에 밀어서 올려놓고 언제나 정신을 고상하게 가지라고 했다. 하류에 휩쓸리게 되면 다시는 올라가지 못하게 된다면서 말이다. 여기에 대해서 구암 역시 '이 자리나 뺏지 마라' 며 대꾸하였다. 이와 함께 이들은 신응사에서 묵으며 시를 주고받기도 한다. 다음이 그것이다.

높은 물결 우레와 벼락이 서로 싸우는 듯하고,	高浪雷霆鬪
싱그런 봉우리는 해와 달을 갈듯 높이 솟아 있다.	神峰日月磨
격조 높은 이야기와 빼어난 풍채로,	高談與神宇
얻은 바가 과연 어떠한가?	所得果如何

시내는 천 층 눈 속에 솟아나고,	溪湧千層雪
숲은 만 길 푸르름 속에 열려 있네.	林開萬丈靑
생기의 살아 움직임은 가없이 넓으며,	汪洋神用活
장엄한 모습으로 우뚝이 서있네.	卓立儼儀刑

앞의 작품은 남명의 것이고, 뒤의 작품은 구암의 것이다. 격조 높은 말들을 주고 받으며, 혹은 살아 움직이는 듯한 자연의 생기 속에서 우뚝이 서 있기도 했던 남명과 구암이었다. 이밖에도 구암의 아버지 담湛이 명종 15년 아들인 구암으로 말미암아 가선대부嘉善

구암의 아버지 이담 신도비

이담의 신도비 부분, ‘창산조식찬’이라
글자가 보임

大夫로 추증되자 구암은 남명에게 신도비문을 부탁하고 남명은 구암과 그의 선조를 찬양하는 비문을 써 주기도 한다.

여기서 나아가 절교사가 있기 전에는 구암이 남명에게 덕산에 함께 살 것을 약속하기도 한다. ‘참된 즐거움이 여기 있으니 뜬 영화를 사절해야겠다. 싸운 끝에 이기고 나니 여위었던 자가 살이 찔 듯하다. 지금부터 뫼셔서 만년을 마치면 족하리라.’ 고 말하면서 말이다. 이 말이 실천으로 옮겨지지는 않았지만 우리는 여기서 11살 아래였던 구암과 남명의 관계를 충분히 짐작하고도 남음이 있다. 이들이 나중에 절교하게 될 줄 은 아무도 알지 못했다.

5. 천문에 나타난 처사의 죽음

① 신미년(1571) 겨울에 두류산에 목가木稼가 많이 생기고 집 뒤에 있는 산이 무너졌다. 아는 사람들은 자못 철인哲人을 위하여 근심을 했다. 목가는 비와 눈이 찬 공기에 얼음이 되어 곡식처럼 나뭇가지에 붙는 것을 말하는데, 이 목가가 생기면 철인이 죽는다는 말이 있었기 때문이다.

이 때 천문을 보는 중국 사람이 본국으로 온 행인에게 말하기를,

"당신의 나라에 도학이 높은 사람에게 머지않아 좋지 않은 일이 있을 것입니다."

라고 했는데, 선생이 과연 병들어 낫지 않고 죽었다. 죽던 날 큰바람과 갑작스런 눈으로 천지가 캄캄했다.

② 남사고南師古는 천상을 잘 관찰하였다. 신미년 겨울 사람들에게,

"소미성少微星의 정기가 사라져가니 처사에게 반드시 재앙이 있겠구나."

라고 했다. 얼마 있지 않아 남명이 병에 걸려 다음 해 2월에 죽었다.

부고가 서울에 들어가기 전에 남사고가 또 말했다.

"소미성의 정기가 완전히 사라졌으니 처사께서 이미 죽었으리라."

조금 후에 부고가 이르렀다.

③ 박지화朴枝華라는 사람이 있어 천문을 잘 살폈다. 하루는 한밤에 토정土亭 이지함李之菡 집의 문을 다급히 두드리니 이지함이 그 까닭을 묻자 이렇게 대답했다.

"소미성의 정기가 문득 사라져가니 그대의 몸에 재앙이 있지는 않았는가? 두려워서 이렇게 찾아왔다네."

이지함이 말했다.

"아니 이것이 무슨 말인가? 필시 남명南冥 조처사曺處士일 테지."

뒷소문을 들으니 과연 그러하였다.

♧

『남명집』「편년」이나 남사고의 『격암선생일고格庵先生逸稿』 등에 두루 나오는 이야기다. 남명의 죽음이 지상이나 천상에서 어떤 암시로 나타났다. 지상에서는 목가가 생기고 천상에서는 처사를 상징하는 소미성이 빛을 잃었다는 것이다. 그리고 남명이 죽던 날 지상에서는 큰바람과 갑작스런 눈으로 천지가 캄캄하기도 했다. 이는 모두 남명의 죽음이 한 개인의 죽음에 국한되지 않는다는 것을 의미한다. 특히 천문에 남명의 죽음이 나타났다는 측면을 사람들은 주목한다.

소미성은 처사성處士星이다. 이 별이 뜨면 나라에서는 유일을 천거케 한다. 예컨대 송나라 정화政和년간에 태사太史가 소미성이 나타난 것을 아뢰니, 휘종은 조령으로 유일을 천거케 하였다. 이 때 『통감절요通鑑節要』의 편자로 유명한 강지江贄가 세 번이나 초빙되었

남명신도비(송시열 찬)와 '남명선생상'

으나 끝내 나가지 않자 휘종은 그에게 '소미선생' 이라는 호를 내려주었다. 이 때문에 『통감절요』를 『소미통감』으로 부르게 되었던 것이다. 어쨌든, 남명의 죽음과 관련하여 천문을 본 구체적인 사람으로는 중국의 성관星官, 남사고南師古(1509~1571), 박지화朴枝華와 이지함李之菡(1517~1578) 등을 들고 있다. 이 가운데 중국의 성관에 대한 이야기는 비판받기도 했다. 김시양金時讓(1581~1643)이 그의 『부계기문涪溪記聞에서 가한 비판이 대표적이다.

일찍이 조남명의 문집을 보니, 문인 진극경陳克敬이 기록해 놓은 것이 있었는데, 거기에 말하기를,

"허봉許篈이 서장관으로 중국에 가니, 중국 사람이, '소미성少微星이 광채가 없으니 동방에 마땅히 은자의 죽음이 있을 것이다' 라고 말하였다. 허봉이 돌아오니 선생이 이미 죽었다."

라고 하였다. 말의 근거 없음이 이에 이르렀는가? 남명의 죽음은 임신년에 있었다. 허공은 이 해에 과거에 급제하였으며, 그가 북경에 간 것은 갑술년으로서 남명이 죽은 지 이미 3년을 지난 뒤이다.

극경이라는 자는 어떤 사람인지 알지 못하거니와 이와 같은 근거 없는 말을 지어내어 책을 간행하기까지에 이르렀으니, 이 사람은 반드시 이상한 이야기를 만드는 것을 기탄없이 하는 자일 것이다. 우리나라와 같은 작은

나라의 일절一節의 선비로서도 성상星象을 움직일 수 있다면 하늘은 너무 수고스럽다.

김시양은 이처럼 남명의 죽음이 천문에 나타났다는 것을 비판적 시각에서 보았다. 우선 허봉이 중국에 간 연대와 남명의 몰년이 맞지 않아 이 이야기가 진실이 아니라 했다. 여기서 나아가 남명의 지조를 인정하기는 하나 아무리 그렇다 하더라도 작은 나라의 선비로서 천문에 나타날 수가 없다고 했다. '하늘이 너무 수고스럽다' 고 하며 조소 어린 감정을 노출시키기도 한다.

김시양이 이렇게 비판하고 나섰지만, 그 이전부터 남명의 죽음과 관련한 이적은 여러 차례 보인다. 이 가운데 명종조에 사직참봉이 된 적이 있고, 선조조에는 천문교수로 봉직한 남사고가 전한 이야기가 대표적이다. 남사고는 본관이 영양英陽, 호가 격암格菴이다. 역학·참위讖緯·천문·관상·복서卜筮 등 모든 학문에 두루 통달하였다고 한다. 도참서인 『남사고비결南師古秘訣』, 『남사고십승지

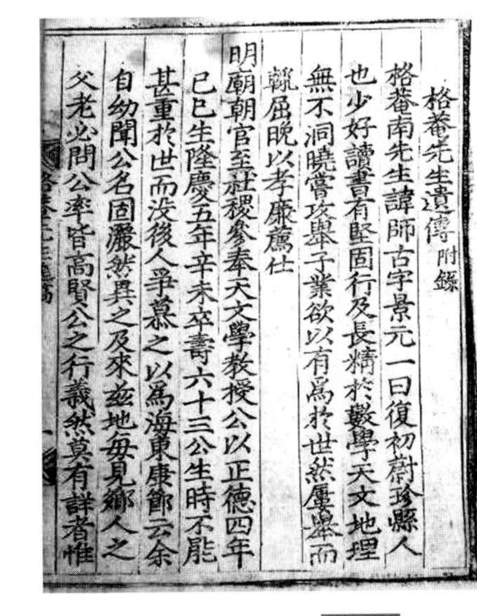
格菴先生遺傳 附錄
格菴南先生諱師古字景元一曰復初蔚珍縣人
也少好讀書有堅固行及長精於數學天文地理
無不洞曉嘗攻擧子業欲以有爲於世然屢擧而
輒屈晩以孝廉薦仕
明廟朝官至社稷參奉天文學教授公以正德四年
己巳生隆慶五年辛未卒壽六十三公生時不能
甚重於世而沒後人爭慕之以爲海東康節云余
自幼聞公名固灑然異之及來玆地每見鄕人之
父老必問公率皆高賢公之行義然莫有詳者惟

「격암선생유전」

론南格庵十勝地論』, 『선택기요選擇紀要』, 『격암유록格庵遺錄』, 『홍수지紅袖誌』, 『마상록馬上錄』 등과 천자문을 주해한 『격암천자주格庵千字註』도 편찬하였다고 전한다. 특히 그는 지리에 밝았을 뿐만 아니라 천문을 보는 능력이 뛰어나 여러 가지 예언을 하였는데 모두 정확하게 맞았다고 한다. 남명에 대한 죽음 역시 그 가운데 하나였던 것이다.

함안에서 태어나 남명의 고향 삼가에서 거의 일생을 보냈던 만성晩醒 박치복朴致馥(1824~1894)은 남명을 그리워하면서 다음과 같은 시를 짓기도 했다.

울진의 남사고 묘소

선생이 남쪽 땅에서 일어나,	先生起南服
호기豪氣를 해돋는 나라에 떨쳤다네.	豪氣振扶桑
바위처럼 우뚝한 경의의 학문이여!	巖巖敬義學
두류산처럼 울리지 않는다네	頭流山不鳴

남명이 타계할 때 소미성이 떨어졌다는 것을 인식하면서 만성은 이 같은 시를 지었다. 그리고 남명의 학문이 '경의'로 요약되며 그 부동의 기상이 두류산과 같다고 하였다. 남명의 「제덕산계정주題德山溪亭柱」에서 '어찌 두류산이, 하늘이 울어도 울리지 않는 것과 같으리오![爭似頭流山, 天鳴猶不鳴]'라 한 것을 염두에 둔 것이었다. 남명은 스스로 두류산과 같이 하늘이 울어도 울리지 않는다고 했고, 2백여 년 뒤에 고향의 선비 만성이 이것을 강하게 인정하였다. 남명은 바로 두류산이었던 것이다.

남명의 하세에 선조가 제문을 내렸는데, 이때도 소미성은 언급되었다. '한 번 병들자 소미성이 빛을 잃을 줄이야! 누구를 의지하여 냇물을 건너며 어디에서 다시 높은 산을 우러러 보겠는가? 소자小子는 누구를 의지하고 백성들은 누구를 본받겠는가? 생각이 이에 미치니 슬픈 마음 가눌 길이 없구나'라며 처사의 죽음을 안타까워한 것이 그것이다. 만성 박치복은 여기서 더욱 나아가 남명을 소미성과 동일시하면서 「소미성少微星」이라는 제목의 감동적인 시를 남기기도 했다.

하늘에는 소미성,	天上少微星
세상에는 조남명.	人間曺南冥
남명이 바다와 산으로 내려오시자,	南冥降海山
소미성은 인간 세상에 있게 되었네.	少微在人間
소미성의 정기 어두워지자,	少微晦精象
남명은 하늘 위로 돌아갔다네.	南冥歸天上
하늘과 세상은 지척 같으니,	天上人間如咫尺
별인지 사람인지 나는 모르겠네.	星耶人耶吾不識
방장의 산은 푸르게 천 길을 솟고,	方丈山碧千仞
두류의 물은 겹겹의 골짝에서 모여드네.	頭流水匯萬疊
고산은 우러르고 물엔 갓끈을 씻을 수 있지만,	高山可仰水可濯
내가 선생을 생각하노니, 아! 미칠 수가 없네.	我懷夫子嗟莫及

하늘에 있는 소미성이 인간 세상으로 내려와 남명이 되었다. 그러니 남명은 인간 세상의 소미성인 것이다. 이 세상에 내려온 남명은 처사로서 산해정, 뇌룡사, 산천재 등을 중심으로 강단을 열어 당대의 조선을 눈물로 구하고자 했다. 그리고 인간 세상의 소미성이 하늘로 다시 돌아가 남명이 되었다. 소미성은 하늘의 남명이 된 것이다. 남명은 소미성이며 소미성은 남명이다. 이 때문에 만성은 '별인지 사람인지 나는 모르겠네' 라고 하였던 것이다. 만성은 또한 남명의 경지는 두류산을 훨씬 뛰어 넘고 있어 미칠 수가 없다고 했다.

천문에 나타난 남명의 죽음이 치열하게 살다간 자

의 우주적 암시라면, 그 제자들이 전한 남명 최후의 모습은 깨끗하게 살다간 한 스승의 인간적인 죽음이다. 다음의 토막이야기 둘은 이를 잘 말해준다.

(가) 동강이 머리를 동쪽으로 두어 생기를 받도록 청하니 남명이 말했다.

"머리를 동쪽으로 둔다고 어찌 생기를 받겠는가?"

두세 번 청하니 남명이,

"군자가 남을 사랑함을 예로써 하는구나!"

하고 드디어 동쪽으로 머리를 두었다.

또 묻기를,

"만일 돌아가시면 선생을 어떻게 호칭해야 하겠습니까?

"처사라 쓰는 것이 옳다."

이날 약물과 미음을 중지하도록 명하셨다. 문인이 말했다.

"약물을 중지하도록 하심은 명대로 할 것이오나 미음까지 들지 않으심은 자연스런 도리가 아닌 듯합니다."

(나) 남명의 병이 위독할 때 여러 문생이 아뢰기를,

"선생님께서 저희들에게 하실 말씀이 있을까 하여 청합니다."

했더니, 말씀하시기를

"온갖 의리에 대해서는 너희들이 평일에 강구한 바이

니 다만 독실한 믿음이 제일이다."

했고. 또 말씀하시기를

"경의 두 글자가 가장 학자에게 긴요한 것이다. 중요한 것은 공부를 익숙하게 하는데 있으니 익숙하면 한 가지의 사물도 마음 가운데 있지 않게 될 것이다. 나는 아직 이러한 경지에 도달하지 못하고 죽는다."

고 했다.

여기서 우리는 중요한 정보 둘을 제공받는다. 남명이 스스로 '처사' 이기를 희망했다는 것과 '경의' 를 평생동안 실천하기 위해서 노력했다는 것이 그것이다. 앞의 것은 자신이 세상에 대처하는 기본적인 자세이고, 뒤의 것은 그 사상적 근거이다. 남명이 죽음에 임박하여 이 둘을 이야기하였으니 이 둘에 대한 이해는 중요한 것이라 하지 않을 수 없다. 이에 대하여 좀 더 생각해 보기로 한다.

먼저 처사란 무엇인가부터 알아보자. 우선 생각해 볼 수 있는 것은 '처處' 가 '출出' 의 반대개념이라는 것이다. '처' 는 정치현실에 나아가지 않고 퇴처하는 것이며, '출' 은 정치현실에 출사하는 것이다. 그러니 처사는 퇴처한 선비라 하겠다. 남자에게 몸을 허락하지 않은 여자를 처녀라고 하듯이, 임금에게 뜻을 허락하지 않은 선비가 바로 처사인 것이다. 그렇다면 언제 출사하고 언제 퇴처하느냐 하는 것이 문제다. 유가에서는 전통적으로 현실세계에 도가 실행되면[宜] 출사하고 그렇지 못하면[不宜] 퇴처한다고 생각했다.

남명은 이 같은 출처의식에 대단히 엄정하였다. 그는 16세기의 정치상황을 도가 실행되지 않는 현실이라 생각하였다. 이 때문에 남명은 세상에 나아가지 않았고, 또한 사후에도 처사로 불리어지기를 희망했다. 부조리한 시대에 타협하지 않고 깨끗한 지조를 지키며 산 선비라고 일컬어지기를 바랐던 것이다. 남명은 이를 「덕산우음德山偶吟」에 고스란히 담아두고 있다.

우연히 사륜동에서 살다가,	偶然居住絲綸洞
조물주가 속이는 줄 오늘 비로소 알았다네.	今日方知造物紿
일부러 공연한 편지로 수나 채우는 은자로 만들어 놓아,	故遣空緘充隱去
임금의 부르는 사자 일곱 번이나 왔다오.	爲成麻到七番來

남명은 61세 되던 해에 삼가 땅 토동으로부터 가솔을 거느리고 가서 덕산 사륜동에 살게 된다. '사륜' 이라는 말에는 특별한 의미가 있다. 회봉晦峰 하겸진河謙鎭(1870~1646)의 『동시화東詩話』에서도 지적하고 있듯이 사람들은 남명이 존경한 바 있는 고려조 사람 한유한韓惟漢과 밀접한 관련이 있다고 생각했다. 한유한은 최충헌이 정사를 마음대로 하는 것을 보고 무도한 세상을 한탄하며 가솔을 이끌고 지리산에 들어갔다고 전해지는 여말의 학자이다. 세상 사람들과 교제하지 않

한유한을 사모한다는 의미의 '모한대'

왔고, 조정에서 서대비원 녹사西大悲院 錄事로 불렀으나 마침내 나가지 않았다고 한다. 그러나 고려왕이 그 이름을 듣고 사신을 보내 글로 그를 불렀다. 이에 한유한은 사양하면서 '왕명을 쉽게 받아들일 수 없습니다' 라고 하고서는 문을 닫고 나오지 않았다. 사자가 문을 밀치고 들어가니, 단지 벽에 다음과 같은 글 한 구절만 보일 뿐이었다.

조칙 한 장 골짜기로 날아드니,	一片綵綸飛入洞
이름이 속세에 떨어짐을 비로소 알겠네.	始知名字落人間

한유한은 이 글을 써놓고 북쪽 창문을 통해 달아났

던 것이다. 이로부터 그 지방을 사륜동絲綸洞이라고 불렀다고 한다. 『예기』「치의편緇衣篇」에는 '임금의 말씀은 푸른 실로 된 끈과 같다' 고 했다. 여기에 근거하여 임금의 말씀이나 조칙을 '사륜' 혹은 '윤음綸音' 이라 했던 것이다. 한유한의 고사를 생각하며 남명은 위와 같이 「덕산우음」을 지었을 터이니 그의 불출사의 의지 역시 명확히 이해할 수 있게 된다. 또한 한유한의 정신적 계보를 남명이 계승하고 있다는 것도 알게 된다. 남명이 지리산을 유람하면서 한유한의 지절을 드높인 이유도 바로 여기에 있었던 것이다.

다음으로 '경의' 란 무엇인가에 대하여 알아보자. 경과 의는 체와 용, 표와 리, 내와 외, 정과 동, 지와 행, 선과 후 등 다양하게 설명되기도 하고 전통적으로 거경집의居敬集義, 주경행의主敬行義, 경의협지敬義夾持 등으로 이야기되기도 했다. 주자는 '경' 과 '의' 의 관계를 인체에 비유해 잘 설명하고 있다. 즉 '두 다리로 반듯하게 서는 것이 경이요, 여기에 의거하여 나아가는 것은 의다. 정신을 두 눈에 모으는 것은 경이요, 눈을 떠서 사물을 보는 것은 의' 라 하여 '경' 과 '의' 는 밀접하게 상호작용하는 관계인데 '경' 이 '의' 를 위해 선결되어야 하는 조건으로 파악하였다.

나는 이 경의를 비유적으로 설명한다. 방안에서 유리창을 통해서 사물을 본다고 가정하자. 이 때 무색의 평면 유리창을 통해서 사물을 보아야만 외부의 사물이 제대로 보인다. 그리고 판단과 행동 역시 정확할 수 있다. 마음은 인식의 주체가 되고 사물은 인식의 객체가 된다. 유리창은 그 사이에 놓여 있는 의식의 창이다. 의식의 창은 인간의 감각적 욕망과 관련된 다양한 인욕 때문에 굴곡이 생기고 색깔로 더럽혀진다. 따라서 '경'은 의식의 창을 무색의 평면유리로 만드는 것이다. '의'는 외부 사물을 '경'에 입각하여 제대로 인식하고 행동의 표준을 마련하는 것이다.

남명 또한 경의를 내외의 관계로 파악했기 때문에 『주역』「중지곤重地坤[☷☷]」괘 '문언'의 '군자는 경으로 안을 곧게[直] 하고, 의로 밖을 방정하게[方] 한다'는 것을 자신의 인식체계 안에서 변형시켜 「패검명」을 지

남명이 평소 지녔던 '경의검'

었다. '안으로 마음을 밝게[明] 하는 것이 경이요, 밖으로 행동을 결단[斷]하는 것이 의이다' 라고 한 것이 바로 그것이다. 『주역』은 경의를 '직방直方' 로 설명했는데, 남명은 이를 '명단明斷' 으로 변용하였다. 여기서 우리는 남명이 어떤 방식으로 경의를 이해하고 있는가 하는 것을 분명하게 알게 된다.

남명은 '명단' 을 염두에 두면서, 안을 규정하는 '경' 에 의해 행동실천적 원리인 '의' 가 이루어진다고 보았다. 즉 내면적 정신의 밝음과 외면적 행동의 결단이 상호 유기적인 관계를 갖고 정신과 행위 양 측면에서 중요한 작용을 한다는 것이다. 이 때문에 남명은 경의 두 글자를 평생동안 가장 중요하게 생각했던 것이다. 급기야 한말의 유학자 면우俛宇 곽종석郭鍾錫은 「남명선생묘지명南冥曺先生墓誌銘」에서 이렇게 외치게 된다. 남명이 경의이며 일월이라고!

> 아! 선생이 살아 계실 때에는 곧 당일의 형상 있는 경의였고, 선생이 돌아가신 후에도 그 마음은 오히려 없어지지 아니하여 만고에 불변하는 경의이니 선생이 곧 일월이다.

제 2 장

자유와 질서 그 가파른 균형

1. 비단옷을 입은 이유

① 남명은 번화한 것을 좋아하는 성품이었다. 그의 제자인 동강 김우옹이 말하였다.

"선생님의 도덕은 비록 높으시오나 차림새가 너무 화려하시어 소자는 유감이 없지 않사옵니다."

남명이 웃으며 말하였다.

"나는 원래 부귀의 상을 타고나서 자네들처럼 담박하지는 않을 걸세."

② 토정 이지함과 고청 서기가 지리산에 유람을 갔다가 남명을 방문하였으나 만나지 못하였다. 남명의 집에 있는 가구들이 화려한 것을 보고, 두

사람은 방안에다 똥을 누었다. 그리고는 그 똥을 책상이며 이부자리에 발라 놓고 갔다.

③ 남명이 처음에는 대단히 검소하여 거친 옷과 꾸미지 않은 말을 타고 다녔다. 그러던 어느 날 역시 거친 옷을 입고 꾸미지 않은 말로 길을 나서게 되었는데, 어떤 상인과 길을 다투게 되었고, 그 상인이 밀어젖히는 바람에 남명이 말에서 떨어지고 말았다. 그리고 상인은 남명을 심하게 꾸짖고 가버렸다.

이에 남명이 탄식했다.

"사군자가 옷을 너무 소박하게 입으면 곧 장사하는 천한 사람에게도 꾸지람을 당하게 된다."

이로부터 좋은 옷을 입고 좋은 말을 탔을 뿐만 아니라 종들도 많이 데리고 다녔다. 그러자 사람들이 모두 길을 양보하게 되었다.

♧

노명흠盧命欽(1713~1755)의 『동패낙송東稗洛誦』, 서기徐起(1523~1591)의 『고청유고孤青遺藁』나 이덕무李德懋(1741~1793)의 『청장관전서青莊館全書』 등에 각각 전하는 이야기다. 위의 자료를 토대로 보면 남명은 번화한 것을 좋아하는 성품이었고(①의 경우), 이것을 못마땅하게 여긴 토정 이지함이나 고청 서기 등이 지리산에 놀

러갔다가 남명이 거처하는 방에 똥을 싸서 발랐다(②의 경우). 그런데 남명이 번화한 것을 좋아하게 된 것은 나름대로 이유가 있었는데, 그것은 다른 사람들로부터 천대받지 않고 스스로의 품위를 유지하기 위해서(③의 경우) 라는 것이다. 이 세 종류의 이야기는 논리적인 맥락이 잘 닿아 있어, 남명이 번화한 것을 좋아하고 사치를 즐겼다는 것도 근거 없는 말이 아닌 듯하다.

『증보문헌비고』에서도 남명의 사치가 기록되어 있다. 즉 김주신金柱臣이 김우옹의 남명행록을 언급하면서 '거처하던 서실에 모두 단청을 하였는데, 이는 밝고 깨끗한 것을 취한 것이다' 라고 하였다. 이에서 나아가 임진왜란 이전에는 서울의 재상집은 단청을 많이 하였으며, 남명도 이것을 많이 보아 눈에 익숙하였기 때문에 비록 산림에 거처하는 선비였으나 이처럼 호화롭고 사치스러웠다고 전하고 있다. 남명의 서울 생활과 사치의 관련성, 임란 이후로 변화한 조선의 가옥문화 등을 두루 살필 수 있는 대목이다.

토정과 고청은 모두 화담花潭 서경덕徐敬德(1489~1546)의 문인이다. 토정은 명문가 집안 출신임에도 불구하고 신분에 구애되지 않는 사상적 경향을 보였는데 특히 노장사상의 비규범적 체계에 대하여 강하게 매료된 인물이었다. 그는 「대인설大人說」을 지어 '귀함은 관작을 얻지 않은 것보다 나음이 없고, 부유함은 욕심을 내지 않는 것보다 나음이 없다' 라고 하면서 현실에 얽매이지 않는 정신적 자유를 획득하고자 했다. 이는 두 번째 이야기(②)에 등장하는 고청 서기도 마찬가지였다. 고청 역시 화담의 문인으로 도가적 학풍을 지녀 앞일을 예견하는 능력이 있었으며, 사노私奴 출신임에도 불구하고 여러 학문을 두루 통달하였다 한다.

특히 사람들은 남명과 토정의 만남에 대해서 주목하였다. 이지함의 『토정유고』는 남명과 토정의 첫 대면을 이렇게 적고 있다.

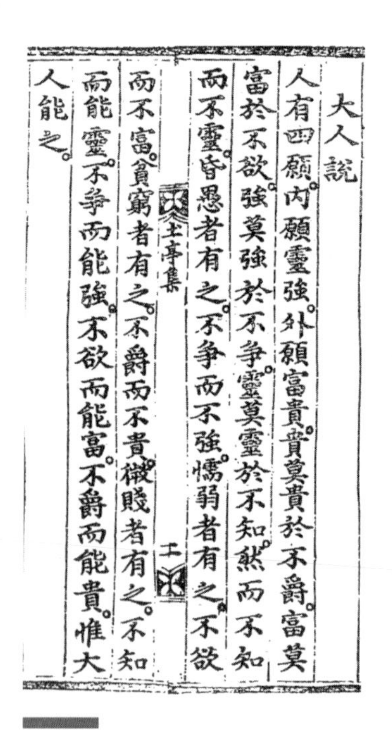

大人說

人有四願。內願靈強。外願富貴。貴莫貴於不爵。富莫富於不欲。強莫強於不爭。靈莫靈於不知。然而不知而不靈。昏愚者有之。不爭而不強。懦弱者有之。不欲而不富。貧窮者有之。不爵而不貴。微賤者有之。不知而能靈。不爭而能強。不欲而能富。不爵而能貴。惟大人能之。

『토정집』의 「대인설」

> 토정이 헤진 갓을 쓰고 거친 베옷을 입고 걸어서 남명을 찾아가 뵙고자 하였다. 심부름하는 사람이 들어가서 이 사실을 남명에게 전하니, 남명은 바로 계단을 내려와서 맞이하고 매우 공경하게 대접했다. 토정이 말했다.
>
> "야인 초부가 아님을 어떻게 알고 이와 같이 극진히 대접합니까?"
>
> 남명이 대답했다.
>
> "그대의 풍골을 내 어찌 모르리오."

남명은 토정을 처음 만나 그의 직관으로 토정의 '풍골'을 읽어냈다. 이것은 남명이 토정과 여러 측면에서 정서적 교섭을 이루고 있었기 때문에 논리적으로 따져보지 않아도 자신과 닮은 점이 많다는 것을 감각적으로 느꼈다는 것을 의미한다. 여기서 더 욱 나아가 『택당가어澤堂家語』에서는 남명의 사치뿐만 아니라 토정이 남명을 비판하는 방달한 행동, 그리고 거기에 조금도 개의치 않는 남명, 토정의 남명 경모 등이 두루 나타나 있다. 다음 일화가 그것이다.

> 남명은 사치를 좋아해 집에 단청을 올리고 침구와 방을 호화롭게 꾸몄다. 토정이 그가 외출한 사이 술을 마시고 가서 진흙 묻은 발로 방에 들어가 침구를 밟고 더럽혔는데도 남명이 전혀 개의치 않았다. 이에 토정이 말했다.
>
> "조공을 시험해 보니 정말 어질다."

남명이 과연 사치를 했을까? 천길 절벽이 서 있는 듯한 기상을 지녔을 뿐만 아니라, 가난했기 때문에 외향이나 처향을 떠돌아 다녔던 그였다. 삼족당 김대유가 죽을 때는 남명의 이 가난을 염려하여 곡식을 해마다 보내주고자 했으며, 그 자신 지리산에 들어가면서 맨손으로 왔다고 증언하고 있다. 그의 언행을 기록한 『남명집』「언행총록」을 보아도 '선생이 거처하는 곳에는 화초를 심지 않고 오직 소나무와 대나무, 그리고 회나무 뿐이었다' 고 기록하고 있다. 또 이렇게 언급해 두기도 했다.

선생이 음식 같은 조그마한 일에도 반드시 바르게 하여 구차하지 않았다. 일찍이 배임천의 학을 보러 갔을 때, 그 집에서 고기를 썰어 꽃나무 모양을 만들어 안주접시에 올린 적이 있었다. 이에 선생이 이를 가리키며 말했다.

"고기를 쓴 것은 마땅히 반듯한 네모여야 하네. 이렇게 기이하고 교묘한 모양은 옳지 못하다네."

이렇게 보면 남명이 번화한 것을 싫어하고 간엄簡嚴한 것을 좋아했다는 말이 된다. 「언행총록」의 기록에 주관이 많이 개입되어 있다고 하더라도 남명의 사치는 보통사람들로서는 선뜻 납득되지 않는 면이 있다. 이 때문에 이덕무가 전한 세 번째 이야기(③)가 필요했다.

이덕무는 기본적으로 남명이 위의를 갖춘 이유에 대하여 설명했다. 다른 사람들로부터 스스로의 품위를 유지하기 위한 것이라고 보았다. 이 같은 이야기가 구비문학에서는 더욱 확장되기도 한다. 잠시 들어보자. 초라한 행색으로 김해 산해정에서 삼가로 성묘를 가게 되었는데, 의령과 함안 사이에 있는 정암 나루를 건너 의령 읍내에 있는 주막을 들렀더니 누추한 남명을 보고 주모의 홀대가 여간 심한 것이 아니었다. 그리고 자굴산闍堀山 기슭을 거쳐 삼가로 넘어오는 오솔길에서는 주막에서 보았던 청년들로부터 갖은 수모를 겪었다. 이 같은 홀대와 수모는 말단 참봉만 되어도 칙

산천재 벽화(허유와 소보에 관한 그림)

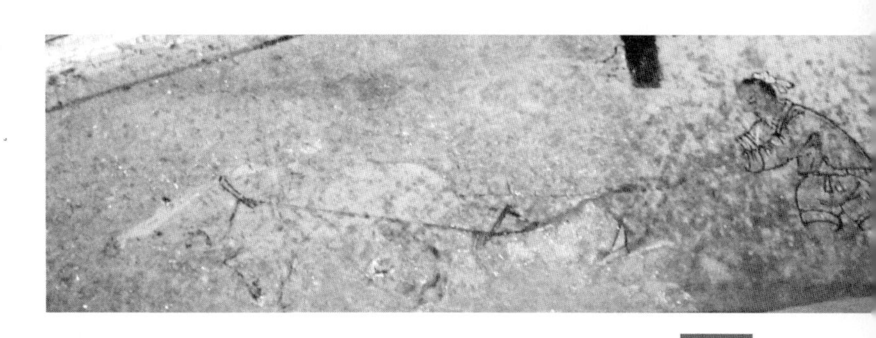

산천재 벽화(이윤이 밭가는 그림)

사 대접을 받던 시대에서 초라한 행색의 선비에게서는 어쩌면 당연한 것이었다. 이것을 깨닫고 남명은 외양에 많은 신경을 쓰게 되었다는 것이다.

어쨌든 남명은 청빈하면서 간엄하였다고 하기도 하고, 부귀의 기상을 갖고 태어났으며 다소 사치를 즐

덕문정의 뇌룡도

졌다고 하기도 한다. 이 과정에서 우리가 주목할 수 있는 것 하나가 있다. 바로 남명의 만년 강학지인 산천재다. 산천재는 여느 다른 선비의 강학처와 다르게 단청이 되어 있을 뿐만 아니라 세 폭의 벽화마저 그려져 있다. 벽화 세 폭 가운데, 하나는 상산사호商山四皓가 바둑 두는 모습이고, 또 하나는 이윤伊尹이 유신有莘의 들에서 밭가는 모습이며, 마지막 하나는 허유許由가 귀를 씻고 소보巢父가 소를 타고 상류로 가는 그림이다. 이는 모두 남명의 처사적 기질을 담아내고 있는 그림들로서, 남명이 뇌룡사에 그려두었다고 하는 구름 속에서 희번덕이는 용의 그림과는 사뭇 대조적인 모습이다. 산천재 벽화가 처사적 모습을 담아내고 있다고 하나, 그림 자체를 다른 정자나 재사齋舍에서는 흔히 볼 수 없는 일이다. 여기서 우리는 위 설화에서 나타난 두 가지의 서로 다른 의미가 종합적으로 나타난다는 것을 읽어내게 된다. 남명이 부화 · 사치하였다고 하니 다른 재사에서는 없는 그림이 필요했고, 청빈 · 간엄하였다고 하니 처사의 모습이 필요했던 것이다. 지금의 그림이 남명 당대에 그린 것은 아니라 할지라도 이 둘을 함께 제시하고자 했던 사람들의 고민을 우리는 이를 통해 알게 된다.

2. 여자에 대한 생각

1) 뚫기 어려운 천하제일의 철관문은 화류관

① 일찍이 문인에게 말했다.

"천하제일의 철문관이 있으니 이것은 바로 화류관花柳關이다. 너희들은 이것을 뚫을 수 있겠느냐? 이 관문은 쇠와 돌도 녹여버리는 것이니, 평소에 조행이 있다고 하더라도 여기에 이르게 되면 모두 흩어져서 남는 것이 없다."

「신명사도」를 좋아하였는데, 여기에는 이관耳

關 · 목관目關 · 구관口關 등 세 관문이 있고, 모두 큰 깃발을 세워 두었다. 명에 이르기를, '세 관문을 닫아 두니 맑은 들판이 끝없이 펼쳐진다.' 고 하였다.

② 남명은 젊은 시절에 호방하여 얽매이는 데가 없었다. 평소에 훌륭한 말과 아름다운 여인과 보검을 얻고자 하여, 비록 보검과 준마는 얻었으나 미인을 아직 얻지 못하고 있었다.

가까운 데서부터 먼 곳까지 두루 다니다가 강원도 지방의 어느 산골짜기를 지나던 중에 빨래하는 여자를 만나게 되었다. 한동안 뚫어져라 바라보니 그녀가 이상하게 여겨 묻자, 남명은 사실대로 말하였다.

"오늘 요행히 자네를 만났으니 차마 버려두고 갈 수가 없네."

그러자 그녀는 말했다.

"정말 미인을 보시고 싶으시면 소녀를 따라 오십시오."

그리하여 그녀를 따라 방으로 들어가 보니 아무도 없이 고요하였다.

초경이 되자, 그녀는 남명을 인도하여 중문을 지나 후원에 이르더니 말을 하였다.

"여기 앉아서 기다리십시오."

이윽고, 작은 누각 위에 타고난 자태를 지닌 미

인이 있었는데 굽은 난간을 따라 천천히 걸어 나오고 있었다. 마치 누군가를 기다리고 있는 듯 하였다.

남명이 혼잣말을 중얼거렸다.

"참으로 절세미인이로구나!"

그때 갑자기 북쪽 담장 아래에서 인기척이 났다. 놀라고 의아스러워 살펴보니, 머리에 고깔을 쓰고 승복을 입은 사납게 생긴 중 하나가 담장을 넘어 들어오는 것이 아닌가? 그 중이 미인을 끌어안고 방으로 들어갔다.

남명이 칼을 짚은 채 밖에서 기웃거리며 살펴보니, 두 남녀는 술을 취하도록 마시고 음식을 배부르게 먹은 뒤 음란한 짓거리를 마음대로 해대는 것이었다.

남명은 두 남녀가 깊이 잠들기를 기다렸다가 방안으로 뛰어 들어가 칼로 그들을 내리쳤다. 남녀의 머리가 한 칼에 떨어졌다.

계집종이 울며 들어오더니 쟁반에다가 두 사람의 머리를 담아 신위를 모셔 놓은 상 위에 올려놓고 한동안을 슬피 울었다.

그런 뒤에 남명을 그녀의 방으로 안내하고는 수없이 절을 하며 울먹이는 소리로 고맙다는 말을 하였다.

"오늘 서방님께서 여기에 오시게 된 것은 하늘

의 뜻이옵니다. 저의 상전은 본디 서울의 양반이셨습니다. 저 여자는 제 작은 상전의 처였지요. 작은 상전이 몇 달 동안 글공부를 하는 사이에 우연히 저 중놈과 눈이 맞아 저의 상전 부자를 해쳤답니다. 그리고는 종들 가운데서도 같이 모의를 하지 않은 사람은 모조리 죽임을 당하였습니다. 저는 항상 묵묵히 원수를 갚게 되기만을 빌었지요. 다행히 오늘 원한을 갚게 되었사옵니다."

하고는 한없이 슬피 울었다. 남명은 스스로를 꾸짖으며,

"내가 외물에 꾀여서 평생을 그르칠 뻔하였구나."

하고는 드디어 말을 놓아주고 칼을 부러뜨린 뒤 글공부에 전념하여 세상 사람들이 존경하는 대학자가 되었다.

♧

권별權鼈의 『해동잡록海東雜錄』이 첫 번째 이야기(①)의 출전이다. 여기서 말하는 화류관이란 바로 여자를 말한다. 이것을 뚫기가 어렵다고 하면서 경계의 고삐를 늦추어서는 안 된다고 강조하였다. 남명 스스로도 이목구비耳目口鼻의 욕구가 천리에서 함께 나왔다고 보면서 인욕을 긍정하고 있기는 하지만, 이를 제대로 다스리지 못할 때 마음에 엄청난 파탄이 초래된다

고 보았다.

남명이 「신명사도神明舍圖」를 그리고 「신명사명神明舍銘」을 지은 이유도 바로 여기에 있다. 신명사, 즉 마음의 집에 사는 태일진군太一眞君이 평정을 찾아 제대로 활동하기 위해서는 인간의 감각기관에서 가장 중요한 귀의 관문, 눈의 관문, 입의 관문을 잘 단속해야 한다고 했다. 「신명사명」에서 보듯이 사람 몸에 뚫려 있는 아홉 가지 구멍으로 인하여 생기는 온갖 욕심인 '구규지사九竅之邪'가 귀 · 눈 · 입, 즉 세 곳의 요처要處에서 처음 생기기 때문이다. 이 같은 생각으로 이들 관문 앞에는 삼엄한 대장기大壯旂를 세워 경계를 서게 하였던 것이다.

남명이 '아내를 대해서도 공경하여 손님처럼 대접하니 내정의 풍기가 엄숙하고 정제하여 비록 종으로 부리는 자라도 머리를 빗고 쪽을 지르지 않으면 앞에서 얼씬도 못했다(「편년」)' 고 하거나, '부인에 대해서는 살뜰한 정이 없었던 것(「언행총록」)' 처럼 보였던 것은 남명의 이 같은 생각이 적용되었기 때문이 아닐까 한다.

김은호의 미인도

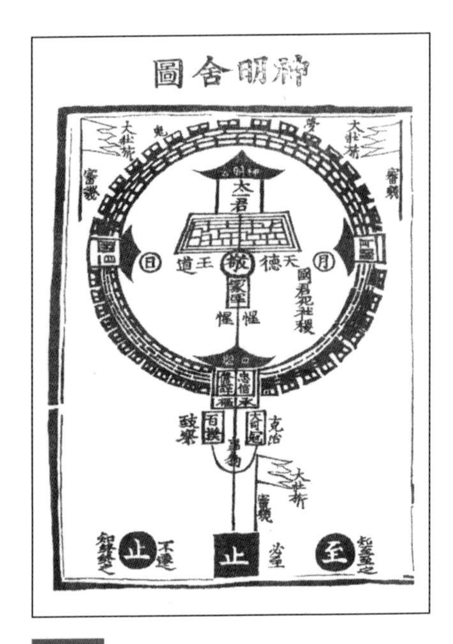

신명사도

이와는 달리 두 번째 이야기(②)는 남명의 욕망극복이 극적으로 구성되어 있는데, 노명흠이 『동패낙송』에서 전한 것이다. 남명은 성격이 호방하여 얽매이는 데가 없어서 말과 칼, 그리고 미인 등을 좋아하였는데, 그것이 잘못되었다는 것을 깨닫고 학문에 정진하여 군자가 되었다는 이야기다. 그러나 이 설화는 남명의 기상과 관련하여 우리에게 시사하는 바 크다.

첫째, 칼을 소재로 활용하고 있다는 점이다. 남명은 칼을 통해 기상을 나타내기도 하고, 그의 사상이 집약되어 있는 「패검명」을 쓰기도 하고, 항상 허리에 칼을 차고 다니기도 했다. 이 뿐만 아니라 운강雲江 조원趙瑗(1544~?)이 장원을 하자 '화덕에서 하얀 칼날을 뽑아내니, 서리 같은 빛이 달을 치고 흐르네' 라며 칼자루에 시를 써주기도 했다. 칼의 노래를 부른 것이다. 이 같은 역사적 사실을 기반으로 하여 칼은 남명의 기상을 상징하는 대표적 사물이 되었던 것이다.

둘째, 미인을 좋아했다는 점이다. 남명은 일찍이 「해관서문답解關西問答」에 보이는 것처럼 감각기관에서 발생하는 욕망, 즉 인욕은 천리라며 인욕 긍정론을 펼쳤다. 여기에 기반하여 지리산을 여행하면서 기생과 어울려 노래하거나, 높은 산에서 젊은 여인의 노래소리를 항상 그리워하기도 했다. 여기에 근거하여 두 번째와 같은 이야기가 만들어질 수 있었을 터인데, 이는 남명의 정신이 한편으로 절제되어 있으면서도, 다른 한편으로 끊임없이 자유를 추구하고 있었기 때문에 가능했을 것으로 본다.

2) 남명을 사모하다 구렁이가 된 처녀

① 지리산 아래 덕산德山 사는 남명이 어느 날 서울로 올라가게 되었다. 한참을 걸어서 가다가 날

덕산의 덕천

이 저물어 어떤 집에 들어가게 되었는데, 그 집에는 얼굴이 예쁜 처녀 한 명만 있을 따름이었다.

이에 남명이 물었다.

"애야! 너의 부모는 어디 가시고 너 혼자 집을 지키고 있느냐?"

처녀가 대답했다.

"예. 외할아버지가 돌아가셔서 외가에 장사葬事를 지내러 가셨습니다."

남명이 말했다.

"오늘 날이 저물어서 할 수 없이 내가 너의 집에서 자고 가야 되겠는데, 어떻게 하면 좋겠느냐?"

처녀가 대답했다.

"저 쪽에 제가 사용하는 조그마한 방이 있습니다. 거기서 주무십시오."

이렇게 말하고 그 처녀는 남명이 잘 방을 정해 주었다. 또 그날 밤 남명과 잠자리를 같이 하였다. 이튿날 아침이 되자 그 처녀가 말했다.

"약속을 해 주십시오. 다시 저를 찾아온다고 말입니다. 서울로 올라가서 일을 보시고, 우리 집에는 언제 오시렵니까?"

남명이 대답했다.

"그래, 한 보름 쯤 지나서 너의 집에 도착할 수 있을 것 같구나."

이렇게 처녀와 약속을 하고, 남명이 서울로 올

라가서 여기저기 다니며 서울 구경을 하였다. 이렇게 다니다 보니 처녀와 약속한 보름이 다 되었다.

보름이 지나 서울에서 내려오기는 하였는데, 남명은 약속을 어기고 바로 덕산에 있는 자신의 집으로 가버렸다.

한편, 보름이 넘어도 오지 않는 남명을 기다리다 그 처녀는 상사병이 걸리고 말았다. 상사병이 걸려 시름시름 앓다가 죽게 되었는데, 구렁이로 변하였다.

장인이 죽어 상례를 마치고 돌아온 처녀의 부모는 구렁이 한 마리가 방에서 기어다니고 있는 것을 보고 깜짝 놀랐다. 그러나 곧 자신의 딸이라는 사실을 직감으로 알고 이렇게 물었다.

"너는 어찌하여 이런 흉한 모습을 하고 있느냐?"

구렁이 처녀가 말했다.

"아버지 어머니가 안 계실 때, 덕산에 사시는 남명 선생이 우리 집에 하루 묵어 갔습니다. 그때 우리 집에서 저와 함께 잤습니다. 서울 갔다가 다시 오시려 했는데 기다려도 오지 않아 남명 선생을 그리워

흙으로 빚은 남명 흉상(유경원 작)

하다 그만 이렇게 구렁이가 되었습니다."
라고 말하면서 눈물을 흘렸다. 이 말을 들은 처녀의 아버지는 원통하고 분하였으나 어찌할 도리가 없었다. 깊이 생각을 하는 듯 하더니 구렁이 처녀의 아버지가 말했다.

"불쌍하구나. 네가 남명 선생 때문에 상사병에 걸려 이렇게 구렁이로 화化하였으니, 내가 내일 덕산의 남명 선생을 모시러 가야 되겠다."

구렁이 처녀가 말했다.

"예, 아버지! 남명 선생 꼭 좀 모셔다 주시어요. 소원입니다."

이같이 구렁이 처녀가 애타게 남명을 그리워하자, 그 처녀의 아버지는 다음날, 날이 밝는 대로 남명을 모시러 갔다. 그리고 남명에게 전후 사정을 이야기했다. 이야기를 모두 들은 남명은 주저하지 않고 구렁이 처녀의 아버지를 따라나섰다. 자신과 잠자리를 같이 한 적이 있는 그녀의 집으로 갔던 것이다.

자신의 집으로 들어오는 남명을 보자, 구렁이는 혀를 날름거리며 남명의 몸으로 기어올라가서 온 몸으로 남명을 칭칭 감고 또 입을 맞추기도 했다. 그렇게 연모의 정을 표하였던 것이다. 남명은 하는 수 없이 그날 밤 구렁이와 함께 잠을 잤다. 지난 날 서울을 올라갈 때와는 다른 느낌이었으나 처녀가 불쌍하다는 생각이 들었다.

그리하여 남명은 이튿날 날이 새자마자, 구렁이 처녀 아버지에게 커다란 상자 하나를 구해 주기를 부탁하여 그 안에 구렁이를 넣어 다시 덕산으로 돌아왔다. 그리고 그 구렁이를 벽장 속에 넣어 두고 때때로 먹을 것을 주기도 하면서 길렀다.

그러던 어느 날 남명은 제자들에게 말했다.

"나는 오늘 출타를 할 걸세. 자네들도 다녀오고 싶은 곳이 있으면 다녀오게."

이렇게 이야기하고 남명은 집을 나섰다. 제자들은 대체로 스승의 말씀대로 오랜만에 자신의 집에 가기도 하고, 친척이나 친구를 만나러 가기도 했다. 근처의 산수를 유람하는 제자들도 있었다. 그런데 한 사람은 동료들과 달리 다른 곳으로 가지 않았다. 궁금한 것이 있었기 때문이었다. 즉 도대체 벽장 안에 무엇이 있길래 스승은 날마다 먹을 것을 넣어주기도 하고, 측은한 눈길로 바라보기도 하는지 궁금해서 견딜 수가 없었다. 이 같은 '벽장의 비밀'을 알고 싶었던 한 제자가 스승이 출타한 틈을 타서 그 비밀을 알고자 했던 것이다.

혼자 남아서 벽장 문을 열게 된 그 호기심 많은 제자는 놀라지 않을 수 없었다. 커다란 구렁이가 또아리를 틀고 노려보고 있었기 때문이다. 기겁을 한 제자는 자기도 모르게 그 구렁이를 몽둥이로 때려서 죽였다. 그리고 사람이 없는 곳에 그 구렁이를 묻어버렸다. 너무도 겁이 났지만 그는 아무런 일도 없었던 것처럼 태연히 책을 읽었다.

며칠 뒤 남명은 집으로 돌아왔다. 가장 먼저 벽장을 열어 보았다. 그런데 있어야 할 구렁이가 없는 것이 아닌가? 이를 이상하게 여긴 남명은 처음으로 제자들에게 벽장 속의 구렁이에 대하여 이야기하면서 어떻게 되었는지를 물었다.

스승이 이 같이 묻자 구렁이를 죽인 제자가 용서를 빌면서 사실대로 남명에게 말했다.

"선생님, 용서해 주십시오. 제가 그만 죽여버렸습니다."

남명은 어이가 없었다. 그러나 죽은 구렁이를 다시 어떻게 할 도리가 없었다. 그보다도 구렁이를 죽인 제자가 걱정이 되어 이렇게 말했다.

"죽은 구렁이야 어떻게 하겠느냐. 너와 너의 가족이 걱정이 되는구나. 속히 너의 집에 돌아가 보도록 하여라."

이것이 무슨 뜻인지도 모르고 그 제자는 힘을 다해 자신의 집으로 달려갔다. 마을에 당도해 보니 자신이 살던 집 위에서 뇌성과 벽력이 치고 비명소리가 들려왔다. 집안에 커다란 재앙이 닥친 것이다. 이렇게 하여 집안 사람들은 모두 죽게 되었고, 구렁이를 죽인 그도 함께 죽었다.

② 남명은 벽장에 구렁이를 넣어두고 살았다. 밤이 되면 그 구렁이가 남명이 자는 이불 속으로 들어오곤 하였는데 거기에는 그럴만한 사정이 있었다.

남명이 청소년이었을 때 이웃집 처녀가 남명에게 연모의 정을 품었다. 그녀는 날마다 천지신명께 남명에게 시집을 갈 수 있게 해 달라고 빌었다. 그러나 그것은 단순한 바람이었을 뿐 신분의 벽은 넘을 수가 없었다. 이 같은 처녀의 마음을 알고 있었던 남명인지라 부모에게 사정을 이야기하였으나 남명의 부모는 전혀 허락하지 않았다. 하는 수 없이 남명은 부모님이 정해준 배필을 만나 혼인을 하게 되었다.

사정이 이렇게 되자, 남명을 사모한 이웃집 처녀는 자살하였다. 상사의 괴로움보다 그것이 더욱 편할 것 같았기 때문이었다. 자살한 처녀는 구렁이가 되어 남명을 찾아갔다. 남명은 그 구렁이가 자신을 사모한 이웃집 처녀라는 사실을 바로 알았다. 측은하게 여긴 남명은 그 구렁이를 벽장에 넣어두고 먹을 것을 주었다. 이로써 남명은 자신을 사모하다 죽은 여인의 혼을 달래고 싶었던 것이다. 그리고 밤이 되면 그 구렁이는 남명이 자는 이불 밑으로 들어와 남명과 함께 잤다. 구렁이 처녀는 남명과 생전에 나누지 못한 사랑을 구렁이가 되어서 나마 풀 수 있었다.

③ 옛날 합천에는 남명이라는 선비가 살았다. 남명이 어릴 적에 서당에 다니면서 글을 읽었는데 그 청아한 목소리가 참으로 듣기에 좋았다.

어느 달 밝은 가을 밤, 남명은 자신의 집에서 글을 읽고 있었다. 그날도 남명은 달빛을 스치는 갈대바람, 혹은 솔향기 묻어 있는 거문고 같은 목소리로 글을 읽었다. 그 목소리에 이끌려 이웃집 처녀는 그만 담을 넘어 남명의 방으로 들어가고 말았다. 깜짝 놀란 남명은 이렇게 물었다.

"너는 누구냐? 귀신이냐, 사람이냐?"

눈을 감고 팔괘를 짚어 귀신을 퇴치하려고 해도 듣지를 않았다. 살며시 눈을 떠서 보니 다름 아닌 이웃집 처녀였다. 그제야 정신을 되찾은 남명은 그 처녀에게 물었다.

"남녀가 유별한데, 어찌 하여 아녀자가 한밤에 남의 방에 들어왔소?"

그녀가 대답했다.

"글 읽는 소리가 하도 구성지고 듣기 좋아서 저의 마음이 흔들렸습니다. 저도 모르게 그만 이렇게 …… "

구렁이

"사대부 집의 법도가 엄중하거늘 이것이 무슨 말이오? 밖으로 나가 회초리를 만들어 오시오!"

남명의 준엄한 꾸짖음에 어쩔 수 없이 그 처녀는 회초리를 만들어 다시 남명의 방으로 들어왔다.

남명이 말했다.

"종아리를 걷고 서시오!"

그녀는 종아리를 걷고 남명 앞에 섰고, 남명은 피가 맺히도록 그녀의 종아리를 때렸다. 그리고 속히 집으로 돌아가라며 내쫓았다. 남명에게 매를 맞고 쫓겨난 처녀는 곧 상사병이 걸려 죽었는데, 구렁이가 되었다.

♧

첫째 이야기(①)는 경남 진주시 진양군 정촌면, 둘째 이야기(②)는 경남 의령군 부림면, 셋째 이야기(③)는 경북 선산군 선산읍 등지의 구비설화이다. 이들 이야기는 같은 점도 있고 다른 점도 있다. 같은 점은 모두 남명을 사모했던 처녀가 죽어서 상사 구렁이가 되었다는 점이다. 그러나 사랑의 방법에서 세 이야기가 사뭇 다르다. 첫 번째는 부모가 없는 것을 알고도 처녀의 집에 자고 가겠다고 했으니 남명이 먼저 구애를 했다. 그러나 두 번째는 순수하게 남명을 짝사랑 하다가 죽었다. 이와는 달리 세 번째는 처녀가 밤에 몰래 남명의 방에 들어갔으니 처녀가 먼저 구애를 한 것이다. 첫 번째와 세 번째의 사랑의 방향이 비록 다르지만 적극적인 사랑이라 한다면, 두 번째는 소극적인 사랑이다.

상사 구렁이 이야기는 남명에게만 국한된 것이 아니다. 권응인의 『송계만록』에도 상사 구렁이 이야기가 나온다. 종실 파성령坡城令이 남원의 기생을 사랑하였는데, 이별할 때 기생이 거짓으로 '이별한 뒤에는 어찌 차마 살겠습니까? 차라리 죽어서 뱀이라도 되어 낭군을 찾아 가겠습니다.' 라고 하였다. 이 말을 파성령이 믿었다. 당시 정희현鄭希賢이 공주목사로 있으면서 이 말을 듣고 파성령이 도착하는 날 큰 뱀을 미리 자리 아래에 두었다가, 술이 반쯤 취한 뒤에 자리를 옮겨 앉으니, 뱀의 꼬리가 약간 보였다. 목사가 놀라는 척하며 '이상하다. 이게 무엇이지?' 라고 하니, 파성령이 탄식했다. "죽었구나! 죽었구나! 정말 신의 있는 사람이구나!" 파성령의 눈물이 흘러 옷깃을 적셨다. 그리고 저고리를 벗어 뱀을 싸서 객관 가까운 곳에 묻고 제사를 지내고 떠났다.

권응인이 파성령과 구렁이 이야기의 말미에, '이 말을 듣는 사람들이 웃었다.' 라고 기록하고 있다. 그러니 이 이야기는 파성령의 어리석음을 말하고자 한 것이라 하겠다. 그러나 이 이야기는 당시 상사 구렁이 이야기가 널리 분포하고 있었음을 우리에게 알게 해주는 대목이기도 하다. 경북 문경시 문경읍 마성면 신현리[일명 새원마을]에 전하는 유사한 전설을 한 토막 소개하면 이러하다.

새원마을에 한 홀아비와 과년한 딸이 살고 있었다. 일찍이 상처喪妻하고 혼자 키워온 외동딸이라 남다른 정성으로 키우기도 하였거니와, 자라면서 용모가 빼어나고 마음씨 또한 착해서 항상 아버지의 마음을 기쁘게 하였다.

그러던 어느 날 한 선비가 이 집에서 하룻밤을 묵어가게 되었다. 선비와 이런 저런 이야기를 나누던 아버지는 선비의 인물됨이 범상치 않음을 알고 자기 딸을 맡아달라고 부탁했다. 선비는 처녀의 용모도 수려하거니와 그 아비의 간곡한 청에 마음이 끌려 응낙하게 되었고, 수삼 일을 머물며 처녀와 정을 나눴다.

한양 과거 길을 떠나면서 선비는 3년 이내에 급제하여 돌아올 것을 굳게 언약하고 아쉬운 작별을 하게 되었다. 선비가 떠난 뒤 그 처녀는 새벽마다 정화수를 떠놓고 낭군님이 장원급제하여 돌아올 것을 기원하고 또 기원하였다.

선비는 오래지않아 대과에 합격하여 벼슬길에 올랐으나 지난날의 언약을 까맣게 잊고 있었다. 임금의 신임을 얻어 암행어사도 지내고, 계속 벼슬살이를 하며 권문세가權門勢家의 규수와 결혼까지 하게 되었다. 약속한 삼년을 하루같이 치성을 드리던 처녀는, 언약한 낭군은 돌아오지 않고 그 동안 아버지마저 병으로 돌아가시니 몸과 마음을 가눌 길 없어 그만 자결하고 말았다.

어느덧 10여년의 세월이 흘렀다. 그 후 이곳을 지나는 과객들이 자주 구렁이의 피해를 입게 되어 그 소문이 퍼지게 되었다. 그 처녀의 원혼이 구렁이가 되어, 돌아오지 않는 낭군을 원망하면서 밤만 되면 마을에 나타나 젊은 과객들만 헤친다는 것이다. 이 소문이 조정에까지 알려져 이조참판직에 있던 그 선비도 듣게 되었다.

그 선비는 그 동안 까맣게 잊고 있었던 10여년 전 새원마을 처녀와의 언약을 기억하고 크게 뉘우쳐 처녀의 혼백을 위로하는 제사를 올리게 되었다.

제사를 지낼 때 갑자기 뇌성벽력이 치더니 구렁이가 나타나, 언약을 잊고 자신을 죽게 한 낭군을 원망스런 눈으로 바라보다 눈물을 흘리며 사라졌다.

앞에서 제시한 셋째 이야기(③)는 보편적으로 전해지고 있는 상사구렁이 이야기와 월장한 규수 이야기가 섞여서 남명 이야기에 편입된 것이다. 상사구렁이 이야기와 마찬가지로 월장한 규수 이야기도 전국적으로 널리 퍼져 있다. 김안국金安國, 조광조趙光祖, 심수경沈守慶 등도 어렸을 때 글 읽는 소리가 좋았는데 그 소리에 월장하여 들어온 처녀를 매로 쳐서 보냈고 그리하여 훌륭한 사람이 되었다는 것이다. 『동언당법東言當法』이나 『금계필담錦溪筆談』 등에 두루 전한다. 남명 관련 이야기 역시 이 같은 보편성 속에 이해해야 할 것이다. 여기서 참고 삼아 『금계필담』의 심수경 이야기를 잠시 소개해 두기로 한다.

청천聽天 심수경은 선조 때의 이름난 재상이었다. 그는 어렸을 때 자태와 용모가 매우 아름다웠다. 그가 남촌에 살 때 어느 재상집과 담을 사이에 두고 있었다. 어느 날 밤 홀로 책상 앞에서 책을 읽고 있었는데 홀연히 한 처녀가 나타나 문을 열고 들어와 책상 옆에 앉았다. 공이 읽던 것을 다 읽고 나서 책을 덮고 물었다.

"그대는 어느 집의 따님이기에 밤이 깊은 데도 여기에 왔소?"

그 처녀는 말했다.

"저는 담 너머에 있는 집의 딸이온데 도련님의 책 읽는 소리를 듣고 왔을 따름입니다."

공은 정색을 하고 말했다.

"낭자는 재상 댁의 규수로서 담 구멍을 엿보아 이렇게 부끄러움도 없는 행동을 하니 마땅히 종아리를 맞아야 하겠소. 문밖으로 나가서 나뭇가지를 꺾어 오시오."

이 때 처녀는 몹시 부끄러워하며 즉시 몸을 일으켜 문 밖으로 나가 나뭇가지를 꺾어서 들

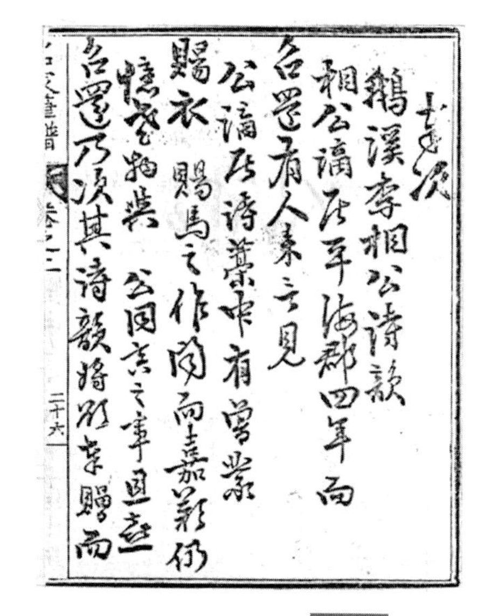

심수경의 필적(『명가필보』에서)

어왔다. 공은 즉시 종아리를 때리고 훈계한 다음 돌아가게 하였다. 처녀는 부끄러워하면서 돌아갔다.

뒷날 공이 과거에 급제하고 벼슬이 재상이 되어 정권을 잡았을 때 동인으로부터 공격을 당하게 되었다. 그 때 한 선비가 동인의 준론峻論을 감당하는 사람이 있었다. 그들의 형제는 삼사三司에 몸담고 있었는데, 밤에 대부인의 방에 앉아 바야흐로 상소문의 초안을 꾸미고 있었다. 이를 보고 부인이 물었다.

"네가 공격하려는 사람이 누구냐?"

그는 대답했다.

"심수경입니다."

대부인이 말했다.

"안 된다. 그 분은 군자이니라."

선비가 말했다.

"어머니께서는 어떻게 심수경이 군자라는 것을 아십니까?"

대부인은 오랫동안 한숨을 내쉰 뒤에 곧 그녀가 처녀 시절 종아리 맞은 일을 이야기해주었다. 이로부터 선비의 형제는 감히 심수경을 공격하지 않았다.

이처럼 남명 설화에는 우리나라에 보편적으로 전해지고 있는 상사구렁이 이야기와 월장한 규수이야기가 서로 혼재하고 있음을 관찰할 수 있다. 우리는 여기서 민중이 남명을 어떻게 이해하고 있는가를 이해하게 된다. 즉 구렁이 이야기를 통해 남명이 여색에 대해서 다소 개방적이었다고 생각하였던 것이다. 어쩌면 남명이 50세의 나이로 당시 19세의 측실부인을 얻어 거기서 3남 1녀의 자녀를 얻었던 객관적 사실을 염두에 두고 있는지도 모를 일이다. 이야기에 다소 변이형태가 나타나기는 하지만 남명을 사모하다가 죽어 구렁이가 된 처녀는 남명에게서 사랑을 받기도 한다. 이 같은 사랑은 바로 남명의 사랑에 대한 인식을 민중이 대변하고 있는 것이기도 하다.

그러나 여기에 그치지 않고 오늘날 우리가 남명을 느끼는 것처럼 여색에 대하여 대단히 엄격하다고도 민중들은 생각한다. 이 때문에 몰래 들어온 규수를 매질해서 보냈다고 했던 것이다. 남명은 한 살 위인 남평 조씨와 22세에 혼인을 한다. 그리고 서로 공경하기를 손님과 같이 했다고 한다. 이 같은 생각과 함께 '평소 공부를 하는 사람은 처자와 함께 뒤섞여 거처해서는 안 된다'는 남명의 생각이 반영되어 여색을 멀리 한 남명으로 사람들은 인식했을 것이다. 어쨌든 남명은 엄격과 개방, 그 사이에 있다. 이것을 우리는 민중이 남명의 자유로우면서도 절제된 정신을 설화적 공간 속에서 기억한 것이라고 우선 생각해 두자.

3. 초월 혹은 봉황의 기상

1) 자네도 한번 노래를 불러보게

성재 금란수가 김훈도金訓導, 생원生員 김용정金用貞, 권명숙權明淑, 정긍보鄭肯甫 등과 함께 남명을 배알하였다. 뇌룡당사雷龍堂舍에 앉아서 각각 술을 마셨는데, 술기운이 무르익자 남명이 먼저 노래를 부르면서 좌중이 모두 부르도록 권하였는데 옛 노래가 아니라 모두 스스로 지은 것이었다. 언어가 준절하고 곁에 아무런 사람도 없는 듯이 하였다. 과연 이전에 듣던 바와 같았으며, 초월의 기운은 있었으나 혼연한 뜻은 적었다.

금란수 종택

♧

금란수琴蘭秀(1530~1604)의 『성재일록惺齋日錄』 신유년(1561) 4월 18일조에 실린 내용이다. 금란수는 자가 문원聞遠 호가 성재惺齋로 퇴계의 문인이다. 고향은 그의 스승 퇴계와 같은 예안이었다. 월천月川 조목趙穆(1524~1606)과 함께 퇴계의 훈도를 일찍부터 받은 선진제자 가운데 한 사람인데, 성리학을 자신의 중심 학문으로 두면서도 이기심성론에 대한 글은 거의 남기지 않고 있다.

당시 금란수와 평소 친분이 두터웠던 정복시鄭復始는 단성에, 류척의柳戚誼는 삼가에, 황준량黃俊良은 성주에서 관직생활을 하고 있었다. 이들이 있는 곳은 가야산과 지리산을 끼고 있으니 여행을 함에 있어 여간 다행스런 일이 아니었다. 이에 그는 합천에서 향시를 치른 후, 성주로 가서 황준량과 오건 등을 만나 영봉서원迎鳳書院의 입향의절立享儀節 등에 대한 이야기를 나누었다. 그리고 단성에서 세모歲暮를 맞아 스승 퇴계에게 시절안부를 묻는 편지를 보냈다. 제자의 소식을 받아들고 퇴계는 기뻐하면서 시 한 수를 지어 보낸다. 「금문원이 단성에서 글을 보내왔기에 다시 절구 한 수를 지어 부친다[琴聞遠自丹城書來却寄一絶]」는 것이 그것이다.

이 해 저무는 데 벗 생각 어이 견디리!	歲暮難堪憶故人
잘 있다는 그 편지 눈 내린 시내까지 이르렀네.	平安書到雪溪濱
남쪽으로 가거든 나의 마음 저버리지 말고,	南行莫負酬心事
방장산 속의 숨은 선비 찾아보오.	方丈山中訪隱淪

1560년의 해는 기울고 있었다. 단성에서 스승을 향하여 안부를 묻자, 퇴계는 자신보다 29세나 연하인 금란수에게 벗[故人]이라며 그 그리움을 토로하고 있다. 그런데 마지막 구에서 '방장산 속의 숨은 선비'를 찾아보라고 권유한다. 도대체 이 선비는 누구일까? 방장산은 두류산으로 남명이 숨어 산 곳으로 알려져 있으니 남명을 의미한다고도 할 수 있다. 금란수가 남쪽 지방으로 여행을 기획하며 가장 먼저 남명을 만나고 싶어 했으니 사정은 더욱 그러하다. 그러나 여기서는 평소 퇴계 및 남명과 친분이 두터웠던 청향당 이원으로 보아야 한다. 이원이 살았던 곳은 단성이고, 이 단성은 금란수가 그렇게 적고 있듯이 두류산 동쪽에 있기 때문이다. 뿐만 아니라 당시 남명은 삼가의 뇌룡사에서 마지막 겨울을 보내고 있었으니 사실은 더욱 분명해진다. 퇴계의 시가 단성에 도착하자 금란수와 이원은 이 시에 대하여 각기 차운을 하여 안동으로 보냈다. 다음 두 수가 그것이다.

분주한 풍파 속에 사람 잃을까 걱정인데, 奔走風波患失人
편안하고 한가로운 것이 선생 곁과 다릅니다. 安閒不似退溪濱
어찌 유람을 하면서 일찍 돌아가리오? 何當遊歷還歸早
다시 천연을 향하여 숨은 선비에게 배워보렵니다. 更向天淵學隱淪

오늘 마음 여니 모두 훌륭한 사람인데, 此日開懷摠可人
비단 같은 시가 퇴계로부터 왔구나. 錦聯來自退溪濱
섣달 매화에 눈 내릴 때 아름다운 만남 이룰 테니, 臘梅帶雪成佳會
향기로운 글로 마음 전하며 숨은 선비 생각하네. 香液傳心想隱淪

앞의 시는 금란수가 퇴계에게 보낸 것이고, 뒤의 것은 이원이 퇴계에게 보낸 것이다. 퇴계로부터 소식이 전해지자 금란수는 바로 차운을 했다. 그리고 오랫동안 희망했던 남쪽 지방의 여행인지라 퇴계의 당부대로 숨은 선비를 찾아 배우고자 했다. 이원 역시 퇴계의 시에 차운하여 보냈다. 비단 같은 시가 퇴계에게서 왔다고 기뻐하며, 퇴계가 그에게 그렇게 말했듯이 그 역시 퇴계를 숨은 선비라며 칭송했다.

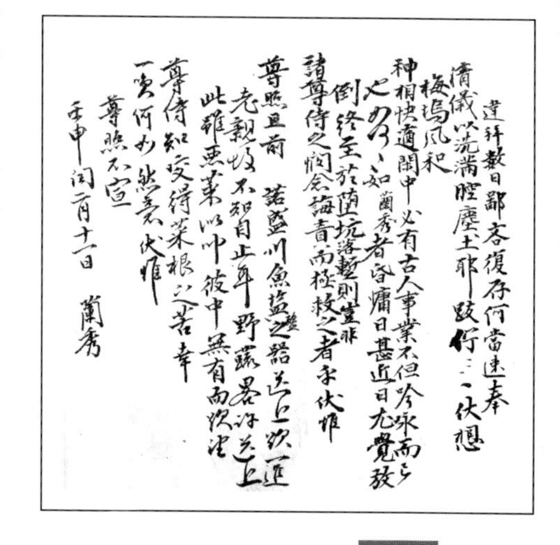

금란수 필적

뇌룡정

금란수는 이듬해 4월 18일 뇌룡사雷龍舍 —뇌룡사는 삼가에 처음 있었지만 남명이 덕산으로 거주지를 옮기고도 그가 거처하는 곳을 뇌룡사라고 하였고, 그렇게 편액했다. 지금의 여재실 부근이었을 것으로 추정된다.— 에서 남명을 만나게 된다. 이때 김용정 등 여러 선비들과 남명을 찾았는데, 구전에 의하면 이때 남명은 '그대들은 퇴계의 문하에 나아간다지?' 하고 물었을 때, 성재 등은 남명의 준엄하면서도 번쩍거리는 눈동자 앞에서 '그렇지 않습니다' 라고 말하지 않을 수 없었다고 한다. 이 같은 숨막히는 대화가 오간 뒤에 남명은 이들에게 술을 대접했다. 술기운이 무르익자 남명이 먼저 노래를 부르면서 좌중이 다 부르도록 권했다는 것이다. 옛 노래가 아니라 모두 스스로 지은 것이었다. 남명의 언어는 준절하였고 곁에 아무 사람이 없는 듯이 하였다고 금란수는 전한다.

남명의 노래! 그것은 어떤 것이었을까? 금란수의 전언에는 중요한 정보가 있다. 즉 남명이 부른 노래는 '옛 노래[古歌]'가 아니었고, '창가唱歌'를 하였으며, '스스로 지은 것[自作]'이라는 사실이다. 여기서 말한 '가歌'는 바로 시조時調일 것이다. 정조 때 사람 이학규李學逵는 '시조란 또한 시절가時節歌라고도 하는데, 대개 항간의 속된 말로 긴 소리로 이를 노래한다'고 하였다. 시조는 당시에 유행하던 노래라는 뜻이니 남명이 부르고 금란수가 들은 노래는 '고가'일 수 없고, 읊은 것이 아니라 '창唱'을 하였으니 시조임이 더욱 분명하다. 또한 '자작' 했으니 남명이 스스로 시조를 지었다는 것이다. 퇴계가 「도산십이곡」을 시조로 지으면서 '지금의 시는 옛날의 시와는 달라서 읊을 수는 있지만 노래할 수는 없다. 노래하려면 반드시 우리말로써 엮어야 하는데 대개 우리말의 음절이 그렇지 않을 수 없기 때문이다.'라고 한 언표 역시 좋은 증거가 된다.

그렇다면 남명이 지은 시조는 무엇이었을까? 여기

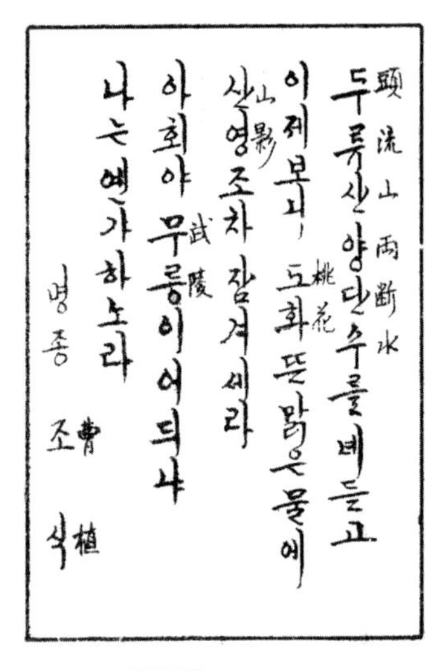

가투의 「두류산가」

에는 논란이 있다. 현재 시조집에 남명의 작으로 되어 있는 것은 모두 여덟 수이다. 이 가운데 '삼동에 뵈옷닙고 암혈에 눈비맞아' 로 시작되는 「서산락일가西山落日歌」와 '두류산頭流山 양단수兩端水를 녜듯고 이직보니' 로 시작되는 「두류산가頭流山歌」가 남명의 작품으로 널리 알려져 왔다. 여기에 따라 교과서에서도 남명의 작품으로 다루었다. 그런데 「서산락일가」가 김응정金應鼎의 작품이라고 주장하는 논문이 나오면서 「두류산가」 역시 남명의 작품이 아니라는 논의가 있었다. 여기에 반박하여 「서산락일가」는 그 논의를 수용하더라도, 「두류산가」는 논의의 부정확성을 들어 여전히 남명의 작품임을 주장하는 논의도 있었다. 뿐만 아니라 남명의 작으로 되어 있는 다른 작품들 역시 남명작일 가능성을 배제하지 않았다.

그러나 남명의 제자인 부사浮査 성여신成汝信(1546~1632)은 「두류산가」가 남명의 작품이 아니라 도구陶丘 이제신李濟臣(1510~1582)의 것이라 했다. 또한 그 근거를 남명이 시詩를 짓는 것도 경계하였는데, 하물며 가歌를 지었겠는가 하는 것으로 들었다. 이때의 시는 한시를 의미하고 가는 시조를 의미한다. 남명의 시

황계詩荒戒를 염두에 두면서 한 발언인데, 그의 주장을 구체적으로 제시해 보면 다음과 같다.

> 두류산頭流山 양당수兩堂水 한 노래歌와 추월곡秋月曲 한 장章을 세상 사람들은 남명 선생이 지은 것이라 말하지만 이것은 도구 이제신이 지었다는 것을 모르기 때문입니다. 계해년 가을에 영주에 사는 친구 박록朴漉이 나에게 편지를 보내 '남명의 추월가秋月歌를 젊을 때 외우기를 좋아 했는데 지금은 그 전함을 잃어버렸다' 고 하면서 나에게 써서 보내주라고 했습니다. 나는 그 노래를 기록하고 그 말미에 발문을 써서 '이 노래는 본래 이도구가 지은 것

「두류산가」비 답사

인데, 전하는 사람들이 남명의 노래로 잘못 말한 것이다' 라고 하고, 또 '남명 선생이 평소 시 짓는 것은 마음을 거칠게 한다면서 경계하셨다. 시詩도 즐겨 짓지 않으셨는데, 노래[歌] 짓기를 즐겨 하셨겠는가' 라고 하였습니다.

이 자료에 의하면 「두류산가」는 남명의 작품이 아니라 그의 제자 이제신의 작품이다. 그리고 남명 당대부터 '양단수'를 '양당수'라 하였다는 것도 알 수 있다. 여기서 우리는 두 줄기 물이라는 뜻에서 처음에는 양단수라 했을 터인데, 이곳에 마을이 생기면서 '줄기' 혹은 '여울'을 의미하는 '단端'과 '단湍'이 정착의 의미가 강한 '당堂'으로 불렸다는 것을 알 수 있다. 물론 주위의 지명인 '동당', '하당', '상당', '윗소리당', '아랫소리당' 등의 '당'도 일정한 작용을 했을 것이다.

금란수의 전언을 통해 우리는 남명이 분명히 시조를 지어 불렀다는 것을 알 수 있다. 남명이 부르고 금란수가 들은 그 시조가 구체적으로 무엇인지는 모르지만 그 가운데 「두류산가」가 있었을 지도 모른다. 송정松亭 하수일河受一(1553~?)이 지은 「세심정기洗心亭記」에 의하면 양당수 상류에 복숭아나무 숲이 있었다 한다. 간간이 소나무와 능수버들이 섞이어 이를 쳐다보면 무릉도원武陵桃源 같아 노닐며 감상하기 좋은 경치라 했다. 이 때문에 덕천서원 앞의 시내를 도천桃川이라 하기도 했다. 그러니 양당수에는 복사꽃이 떨어져서 내려오고 지리산 그림자가 드리워져 있었을 것이다. 여기에 촉발되어 이제신은 「두류산가」를 스스로 지어 불렀을 것이다. 남명 역시 그의 제자와 생각이 같았으므로 이 노래를 자주 불렀을 수 있고, 사람들은 아예 남명의 것이라 생각했는지도 모른다. 이렇게 해서 전파 되었던 「두류산가」, 우리도 이 노래 한 자락을 부르며 넘어가자.

두류산頭流山 양단수兩端水를 녜듯고 이ᄌᆡ보니
도화ᄯᅳᆫ 맑은 물에 산영山影조ᄎᆞ 잠겨셰라
아희야 무릉武陵이 어ᄃᆡᄆᆡ오 나ᄂᆞᆫ 옌가 ᄒᆞ노라

2) 사대부가 어찌 윤원형의 동철과 같이 타고 가겠느냐?

남명이 정암鼎岩 나루에서 아이를 시켜 지나가는 배를 불러 강을 건너가려고 했다. 사공이 배를 강가에 대려고 하니 배에 타고 있던 윤원형尹元衡의 종이 지체할 수 없다고 꾸짖으면서 사공을 제지했다. 이 배는 윤원형의 개인 장사를 위해 그 집의 구리와 철을 싣고 가는 장삿배였다. 윤원형 집 종이 사공에게,

"윤대감에게서 죽임을 당하지 않으려면 지체하지 말고 빨리 가자."

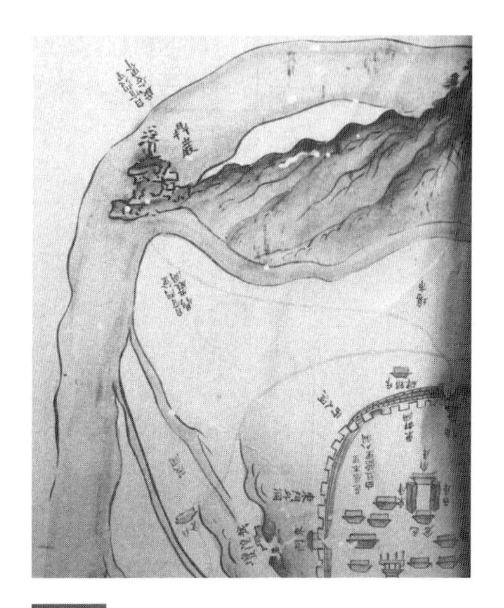

의령현 고지도, 정암진 부분

라고 하니, 사공이 말했다.

"윤원형에게 죽으면 원귀寃鬼가 되지만 조공曺公을 괄시하면 악귀惡鬼가 됩니다."

이렇게 말하고는 배를 나루에 대고 남명을 태웠다.

배에 윤원형의 동철이 실려 있음을 보고 남명은,

"사대부가 어찌 윤원형의 동철과 같이 타고 가겠느냐?"

하면서 구리와 철을 모두 강에 던지도록 했다. 그러고서 배가 목적지에 닿으니, 윤원형 집의 종이 사공을 묶어서 대감에게 끌고 가 이 사실을 보고했다. 이야기를 다 들은 윤원형이,

"너는 정말 복이 없구나. 하필 조공을 거기서 만나다니! 정말 복이 없다."

하고서는 사공을 풀어 주라고 했다.

홍명희(1888~1968)

♧

조석주趙錫周(1641~1716)가 『백야기문白野記聞』에서 전한 이야기이다. 이 이야기의 기본형은 남명이 (1)에서 배를 타고 강을

건너는데, 윤원형의 종이 오만하게 굴자 남명이 그것을 보고 (2)로 하여금 윤원형의 종에게 (3)을 시키며 혼나게 했다. 그 종이 윤원형에게 가서 사실을 고했는데 윤원형이 남명임을 알고 (4)를 했다는 것이다. 각 설화마다 조금씩의 변이를 보이는데 이는 다음과 같이 요약된다. (1)은 정암, 한강, 함벽루, 서빙고 나루가 되기도 하고, (2)는 남명의 하인이거나 일반 사람들로 나타나고, (3)은 동철을 강물에 빠뜨리게 하거나, 상투를 돌리게 하거나, 사람을 물에 빠뜨리게 한다. 그리고 (4)는 어쩌지 못했다는 것도 있고 보복하려 했다는 것도 있다. 이 가운데 홍명희의 소설 『임꺽정』에서 남명이 윤원형의 종을 혼내는 장면을 들어보기로 하자.

> "네가 윤원형의 집 하인이라지?"
>
> "그건 물어서 무어할 테요?"
>
> "이놈, 남의 집 하인 놈이 양반을 몰라 보느냐? 너 같은 놈은 버릇을 좀 알어야 한다."
>
> 하고 곧 옆에 섰는 하인을 보고 "이놈을 끄들러라" 하고 호령하여 무식한 시골 하인이 차지의 뒤통수를 쳐서 갓, 탕건, 망건을 한꺼번에 벗기고서 상투를 잡아 회술레를 시켰다. 뱃사공과 나룻터에 사는 사람들이 속으로 시원히 여기면서도
>
> "물계 모르는 시골 양반이 범의 아가리에 손을 집어넣네."

"저 양반이 뒤탈을 안 당할 리 만무하지."

하고 수군거렸다. 영남 양반이 그 차지를 꿇어 엎어 놓고

"나는 영남 사는 조판관曺判官이다. 너의 상전에게 하인 버릇 잘 가르치라고 내 말로 말해라."

하고 이른 뒤에 나귀를 타고 하인에게 견마를 들리고 문 안으로 들어갔다. 그 차지가 부서진 갓에 찢어진 망건을 쓰고 진흙 묻은 옷을 입고 원형의 앞에 와서

"서빙고 나루터에서 시골 양반에게 욕을 잔상히 보았소이다. 대감댁 하인이라고 소인을 욕보이는 것이 거심은 괘씸하오나 양반 명색을 어떻게 할 수 없어 욕을 당하고 왔소이다."

하고 하소연하니 원형이

"내 집 차지를 욕보인 양반 놈이 누구란 말이냐?"

하고 화를 내다가

"영남 사는 조판관이라고 하옵디다."

하고 차지의 말하는 것을 듣고는

"조식曺植이로구나. 네가 잘못 걸렸다. 아무 소리 마라. 그 자는 나도 꺼리는 터이다."

하고 하인에게 분풀이 해 줄 수 없는 것을 말하였다.

남명은 이처럼 윤원형의 권력을 무력화시켰다. 명종이 즉위하자 종종의 비인 문정왕후는 8년간 수렴청정을 하게 되면서 윤원형 등 외척이 정권을 잡아 정치

를 마음대로 천단하였다. 이 과정에서 1545년에는 이들이 계림군桂林君과 대윤이라 불리는 윤임尹任, 유관柳灌, 그리고 직필사관 안명세安命世 등을 죽이는 을사사화를 일으켜 남명과 평소 친분이 두텁던 이림, 곽순, 성우 등이 연루되어 희생당하고 만다. 이 사화는 남명에게 가장 커다란 충격을 안겨 주었다. 말을 하다가 그 말이 이들에게 이르면 목메어 울기까지 하였다는 것을 보더라도 그 슬픔을 능히 짐작하고도 남는다. 게다가 윤원형은 을사사화의 공으로 보익공신保翼功臣 3등, 이어 위사공신衛社功臣 2등에 책록되고 서원군瑞原君에 봉해졌다. 1546년(명종 1), 형 원로元老와 권세權勢를 다

의령군 정암

투어 귀양보내고, 이듬해 양재역良才驛 벽서사건을 계기로 대윤의 잔당을 모두 숙청하였다. 이 때 남명은 선배 규암 송인수宋麟壽를 잃게 된다. 송인수는 남명에게 『대학』을 선물하기도 하고 그의 어머니 인천 이씨 묘갈명을 써주기도 하는 등, 남명과는 오랜 기간 절친했던 사이였다. 남명은 규암을 생각하며 매양 상심하여 애도해 마지않았다고 한다.

상황이 이와 같기 때문에 남명은 물의를 일으켜 가며 저 유명한 단성소를 올려 자전은 깊은 궁궐의 한 과부에 지나지 않는다고 주장하였던 것이다. 홍명희의 『임꺽정』에 의하면 윤원형이 남명의 단성소를 들어 죄로 다스릴 것을 임금에게 강력히 주청하였다고 한다. '여항부녀閭巷婦女에게도 조금 대접하여 말하려면 과댁寡宅이라고 하지 과부라고 아니한다' 면서 말이다. 그러나 남명을 죄로 다스리자는 윤원형의 생각은 뜻대로 되지 않았고 남명의 명망만 높아갔다. 그 역시 1565년 문정왕후가 죽고 난 뒤에는 벼슬이 떨어지고 결국 강음江陰에 귀양가서 죽게 된다. 권력이란 이렇게 무상하기 짝이 없는 것이다.

3) 천 길 아득한 봉황의 기상이여!

남명은 한 세상을 숨어서 살았는데, 영남지방에 은거하여 벼슬보기를 진흙과 같이 여겼다. 그가 서울로 올라 왔을 때, 일찍이 탕춘대蕩春臺 북쪽, 무계동武溪洞의 시냇가에 노닐게 되었다. 여성위礪城尉 송인宋寅은, 관은 비록 부마駙馬였으나 자못 유학의 의리가 있는 것으로 자처하였는데, 남명의 풍모를 흠모하여 산 계곡에서 술 한 잔을 하고 싶어 창의문彰義門 솔 숲 사이에 장막을 쳐두고 길 옆에서 두 손을 맞잡고 공손하게 서서 남명이 지나가기를 기다렸다.

남명이 지나가자 하인을 시켜 맞이하게 하였는데, 남명은 그가 귀한 신분에 있는 줄을 알고는 말에서 내리지 않고 취한 척 떠나면서 말했다.

"장자長子는 굽힐 수가 없는 것이다."

여성위가 머리를 들어 남명이 가는 것을 바라보니 아득할 뿐이었는데, 천 길의 기상을 지닌 봉황과 같다고 생각했다.

♧

유몽인柳夢寅(1559~1623)의 『어우야담於于野談』에 나오는 이야기다. 남명은 당대를 부조리한 시대로 판단했다. 이 때문에 엄격한 출처관에 입각하여 처사의 길로 일관하였다. 서두에서 남명이 '한 세상을 숨어서 살았는데 영남지방에 은거하여 벼슬보기를 진흙과 같이 여겼다' 고 한 것은 남명의 전체적인 풍모를 나타낸 것이다. 또한 마지막 구절에서는 여성위礪城尉 송인宋寅(1516~1584)의 생각을 들어 천 길 나는 봉황의 기상이

겸재 정선의 「창의문」도

라 하여 서두에서 제시한 남명의 풍모와 대응시켰다. 이처럼 남명의 기상은 봉황에 흔히 비유되곤 했다. 한강 정구가 남명의 제문에서 '태산 같은 우뚝한 기상이 있고, 높이 나는 봉황의 정취가 있다'고 스승 남명을 표현한 것은 그 좋은 방증이 된다.

송인은 호가 이암頤庵으로 1526년 중종의 셋째 서녀庶女 정순옹주貞順翁主와 결혼하여 여성위礪城尉가 되고 명종 때 여성군礪城君에 책봉되었던 사람이다. 의빈부儀賓府·충훈부忠勳府·상의원尙衣院 등에서 요직을 역임한 후, 도총관都摠管에 이르렀으며 퇴계나 우계 등 당대의 석학碩學들과 교유했고, 만년에는 선조의 자문을 맡기도 했다. 당대의 석학들과 폭넓게 교유했던 송인이었기 때문에 남명과 함께 구암龜巖도 잘 알고 있었다. 그러나 앞서 말한 적이 있는 진주 음부사건과 관련하여 송인은 구암과 밀착되었다. 음부사건을 계기로 하여 남명과 구암은 돌이킬 수 없는 사이가 되고 마는데, 이 사건으로 남명은 엄청난 시련에 휩싸인다. 제자인 오건과 정탁에게 편지하여 당시의 고민을 토로하기도 했다. 그 과정에서 구암이 음부사건을 무마시키기 위하여 여성위 송인에게 사람을 보내기도 했다는 것을 밝힌다. 구암이 '여성위에게 사람을 급히 보내 그 애매한 말을 극도로 진술' 했다고 한 것이 그것이다.

남명이 송인을 만나지 않았던 것은 음부사건이 일어나기 훨씬 전의 일이었으니, 음부사건과는 전혀 관련이 없다. 이로 볼 때 남명의 이 같은 행위는 처사로서 지조를 지키며 송인에게 어떤 경고의 메시지를 전하기 위해서였다고 하겠다. 위의 이야기에서 보듯이 송인이 남명의 풍모를 사모하여 솔밭에서 남명을 위하여 술자리를 열고 싶어 했으나 남명은 그가 귀한 신분인 것을 알고 거절하였다. 송인은 만나려 하고 남명은 이를 거절하였으니 이들 사이에 대립이 일어난다고 하겠는데, '장자는 굽힐 수 없다' 고 한 남명의 말은 표면에 지나지 않는다. 즉 부조리한 시대를 문제의식 없이 살아가는 당대의 안일한 관리를 비판하자는 것이었다. 남명의 행위에는 이 같은 의도가 숨어 있는 것이라 하겠다.

4. 사물에 대한 통찰력

1) 헐벗은 산을 생각하며

한 학자가 있어, 쌍계사를 거쳐 오대사五臺寺까지 와서 남명을 뵙고 말했다.

"산을 발가벗겨 밭을 만들었습니다. 그런데 산이 민둥산이어서 볼품이 없었습니다."

그러자 남명은,

"그야 산 스스로가 저지른 일이지. 제가 우뚝 솟고 깎아지르듯 했더라면 누가 감히 침범하겠는가?"

라고 하였다.

♧

남명은 산사에서 많은 시간을 보냈다. 일찍이 의령의 명경대 아래 산사에서 머물며 공부한 적이 있고, 지리산의 신응사에 하천서河天瑞 등과 한 달을 공부한 적도 있다. 그리고 제자들과의 회합을 가질 때도 산사를 많이 이용하였다. 덕산사德山寺, 즉 지금의 산청군 삼장면에 있는 내원사에서 덕계 오건과 만나기도 하고,

단속사에서 사명대사四溟大師(1544~1610)나 구암 이정李楨(1512~1571), 대소헌 조종도趙宗道(1537~1597) 등을 만나기도 한다.

오대사 역시 마찬가지다. 오대사는 신라시대 선사 혜원에 의해 창건되었다고 한다. 이 절은 하동군 청암면 궁항리에 위치해 있었다. 현재 지리산에서 가장 오지라고 할 수 있는 궁항리로 가다가 백궁선원이라는 표지를 보면서 오른쪽 산비탈로 올라가면 그 터를 만날 수 있다. 김일손金馹孫과 성섭成涉 등의 기록에 의하면 이 오대사에는 엄청나게 큰 은행나무 두 그루, 고려

지리산 내원사의 대웅전 · 산신각 · 요사채

시대 권적權適이 쓴 「오대산수륙수정사기五臺山水陸精社記」, 석가모니 치아 등이 있었다고 한다. 또한 누각이 방대하고 방이 매우 많았다고 한다. 그러나 지금은 흔적조차 알 수가 없고, 다만 그 그루터기에서 자라났다는 은행나무만 남아 있을 뿐이다. 남명도 덕산에 있으면서 이 오대사에 자주 들렀고 따라서 다음과 같은 시를 남기기도 한다.

이름을 쓰며 달을 노래하는 것을 부끄러워하였는데,	名字曾羞題月脅
하찮은 입을 갖고 웃으며 절간에 들렀네.	笑把蚊觜下蟬宮
사람들의 인연은 예로부터 삼세에 얽혔다고 했으니,	人緣舊是三生累
반나절만에 돌아오며 적송자에 비긴다네.	半日歸來擬赤松

산 아래 외로운 마을 풀 덮인 문에,	山下孤村草掩門
중이 날 저물 무렵에 찾아왔구나.	上人來訪日初昏
시름겨운 마음 다 이야기하곤 잠 못 이루는데,	愁懷說罷仍無寐
달빛은 앞시내에 가득하고 밤은 저물어 가누나.	月滿前溪夜欲分

앞의 작품은 오대사에 쓴 「제오대사題五臺寺」이고, 뒤의 작품은 오대사의 중에게 준 「증오대승贈五臺僧」이다. 오대사를 위하여 시도 짓고, 오대사에 사는 중에게 시를 주기도 하고, 오대사에서 어떤 사람을 만나 이야기도 나누었으니 남명과 오대사는 인연이 깊다고 하겠다. 남명이 이야기하고 있듯이 전세와 현세와 내

세, 즉 삼세의 인연이 있는지도 모른다. 거기서 신선인 적송자에 자신을 투사시켰으니 잠시라도 세상을 잊을 수 있었을 것이다.

『남명집』「편년」에 의하면 남명이 이 오대사에서 쌍계사를 거쳐 온 어떤 사람을 만났다고 한다. 그리고 앞에서 제시한 것과 같은 이야기를 나누었다는 것이다. 우리는 이 대화를 통해 당시 산민山民들의 고초를 짐작하고도 남는다. 낮은 산을 개간하여 살아보려는 그 고초 말이다. 그러나 이야기는 다른 쪽으로 진행되었고, 남명의 대답은 질문 이상의 것이었다. 이를 표면적 의미와 이면적 의미로 나누어 정리해보자.

(가) 문: 산이 발가벗겨져 있다.
답: 그 산에게 잘못이 있다.

(나) 문: 사람이 낮게 취급당한다.
답: 그 사람에게 잘못이 있다.

(가)는 표면적 의미로 문면에서 보여주는 것이고, (나)는 이면적인 의미로 통찰에 의해 확장된 것이다. 남명은 어떤 사람이 산이 발가벗겨진 이유를 묻자 그것은 무엇보다도 산에게 일차적인 책임이 있다고 보았다. 왜냐하면 산이 근접할 수 없을 정도로 깎아질렀더라면 발가벗겨지지 않았을 것이기 때문이다. 사실

남명은 이것을 통해 사람의 기상과 절조를 강조하고자 했다. 어떤 사람이 다른 사람에게 낮게 취급당하는 것은 무엇보다 그 사람 자신에게 책임이 있다는 것을 말하고자 했다. 그 사람이 얼굴빛을 장엄하게 하고 행동을 엄격하게 하는 높은 기상과 절조가 있다면 그렇게 취급당하지 않는다는 것을 보이고자 했던 것이다.

이 같은 남명의 생각은 다양하게 나타난다. 1558년 4월 20일, 지리산을 유람하면서 신응사 앞 시냇가에서 있었던 일은 그 대표적이다. 쌍계사에서 올라온 남명 일행이 신응사 앞 시냇가의 반석에 쭉 벌여 앉았다. 이 때 남명이 이공량과 이정을 가장 높은 돌 위에 밀어 올려 앉히고서는 '그대들은 비록 위급한 경우를 당하더라도 이 자리를 잃지 말게나. 만약 몸을 하류에 두면 올라갈 수가 없게 되고 말 것이네' 라고 말한 것이 그것이다. 하류에 머물게 되면 이러저러한 많은 사람들로부터, 이러저러한 많은 수모를 당하여 결국 그 속에서 섞여 살면서 자신을 고상히 하는 것은 요원해진다. 결국 산이 낮기 때문에 사람들로부터 발가벗겨지는 것과 같은 이치이다.

단속사지 당간지주

2) 진흙 속에 빠진 흰 오리를 보며

남명이 토동兎洞 뇌룡사雷龍舍에 있을 때 일찍이 흰 오리 한 쌍을 길렀다. 그 오리가 진흙에 골몰하니 새까맣게 진흙이 묻어 보기가 싫었다. 맑은 물에 목욕을 시킨 뒤에 그 바탕이 깨끗하게 되었다.

이를 보고 남명은,

"무릇 자양自養하는 데는 조심하지 않을 수 없구나."

라고 말하며 탄식하였다.

♧

위 이야기는 남명이 하나의 사물을 그대로 흘려보내지 않고, 그 사물 이면에 있는 의미를 읽어내고 있음을 알게 한다. 사물의 내면을 읽어내는 통찰력이 있기 때문이다. 남명은 오리가 진흙에 빠진 것은 자신의 욕심 때문이라고 생각했다. 즉 조심하지 않고 먹이 찾는 데만 골몰하였기 때문이라는 것이다. 남명은 이 이야기를 통해 진흙을 인욕에, 오리의 흰 바탕을 본성에 비유하고 있다. 조심하지 않으면 진

뇌룡정 표석

흙의 인욕에 허령불매虛靈不昧한 본성이 더럽혀진다는 것이다. 남명은 항상 경공부敬工夫가 제대로 되도록 노력하였다. 조심 또한 '경'의 다른 말이다. 그러니까 인욕의 때가 마음에 묻지 않도록 먼저 '경'으로 함양하라는 것이며, 이 함양을 통해 본성의 깨끗함이 회복된다는 것이다. 남명은 이와 같은 의식을 다음의 「지뢰음地雷吟」에서도 농도 짙게 표출시키고 있다.

역상은 분명 지뢰를 나타내는데,	易象分明見地雷
인심은 어찌 착한 단서 여는데 어두울까?	人心何昧善端開
다만 움 돋아남이 산의 나무 같으니,	祗應萌蘖如山木
소나 양으로 하여금 날마다 오게 하지 말아야 하리.	莫遣牛羊日日來

뇌룡정 전경

이 작품을 통해 남명은 그의 우주관과 아울러 거기에 따라 심성을 어떻게 길러가야 할 것인가를 제시하고 있다. 즉 남명은 『주역周易』의 「지뢰복地雷復(☷☳)」괘에 의거하여 세계를 인식하고 있다. 「복復」괘는 절기로 동지에 해당된다. 음의 기운이 축적된 가운데 양의 기운이 싹트기 시작하여 서서히 봄이 돌아오는 괘상이다. 자연의 이치가 이러함에도 불구하고 사람의 마음은 선의 단서를 여는데 밝은 것만은 아니라면서, 다음의 『맹자』를 용사하고 그 대처방안을 모색하고 있다.

> 우산의 수목은 원래 울창하게 우거져 아름다웠다. 그러나 큰 국도에 인접해 있었기 때문에 사람들이 도끼로 마구 벌목했다. 그러니 어찌 본래의 아름다움을 그대로 간직할 수가 있었겠는가? 잘린 나무의 뿌리는 밤낮으로 휴식과 더불어 다시 자라나고 또 비나 이슬이 내려서 적셔 주었으므로 새싹이 돋아나지 않는 것도 아니었다. 그런데 이번에는 소나 양이 와서 풀을 뜯어먹었으므로 저렇듯 민둥산이 되고 말았다. 오늘날 사람들은 그 민둥산을 보고 원래부터 나무가 없었으리라 하니 어찌 헐벗은 모습이 산의 본성이겠는가?

이는 맹자가 인간의 성품은 원래 선하다는 것을 산에 비유해 설명한 것이다. 양심의 싹이 교란되어 없어지는 일을 반복하면, 결국 양심의 싹을 키워주는 기운도 더 이상 존재할 수가 없어 인간은 금수에 가까운 상태로 빠지게 된다는 것이다. 이러한 상태를 보고 어찌 본래부터 사람의 성품이 금수 같다고 하겠는가 하였다.

결국 위의 「지뢰음」에서 1구의 음의 기운이 가고 양의 기운이 처음으로 싹트는 것과 3구의 양심의 싹이 처음으로 싹트는 것이 서로 접맥되고 있음을 알 수 있다. 2구에서는 인간이 자연의 원리에 부합하지 못하고 선의 단초를 보이지 않는다는 것을, 4구에서는 소나 양 같이 본연지성本然之性을 해치는 것을 막아 본성이 회복되어야 한다고 했다. 이로 볼 때 남명의 '오리의 비유'와 맹자의 '우산의 비유'는 서로 밀접한 관계를 맺고 있다고 하겠다. 이에 대하여 구체적으로 살펴보기로 하자.

비유의 종류	A	B	C
오리의 비유	흰 오리	진 흙	진흙 묻은 오리
우산의 비유	무성한 산	소와 양	민둥산

'A'는 본성, 'B'는 인욕, 'C'는 손상된 본성을 나타낸다. 오리의 비유에서는 'C'의 상태에서 'B'를 씻어내어 'A'로 돌아가야 한다고 했고, 우산의 비유에서는 'B'를 물리쳐 'C'의 상태에서 'A'를 회복해야 한

다고 했다. 이 두 비유는 모두 'A' 의 상태로 돌아가야 한다는 것이다. 'C' 의 상태에서 'A' 의 상태로 돌아갈 수 있는가에 대한 문제에서 남명은 강한 긍정적인 신념을 가졌다. 그 근거는 「지뢰음」에서 보여주듯이 『주역』의 「복」괘에 두었다. 「복」괘는 양의 기운이 서서히 싹트고 있는 괘상이기 때문인데, 이를 남명은 심성 자체의 복원력과 접맥시키고 있다.

진흙 묻은 오리는 씻으면 깨끗해진다. 그러나 진흙이 묻지 않도록 조심해야 한다. 이것을 남명은 '자양' 이라 하였다. 남명이 주장한 '수양修養' 이란 바로 이러한 것이었다. 즉 '수' 는 닦는 것이니 인욕으로 더럽혀진 자신의 내면을 닦아내는 것이고, '양' 은 기르는 것이니 인욕이 침범하지 못하도록 자신의 내면을 기른다는 것이다. 이것은 언제나 우리 곁에 있는 감기에 견주어 설명할 수 있다. 즉 감기가 들었을 때 약을 먹어 그 감기를 퇴치시키는 것이 '수' 이고, 감기에 걸리지 않도록 평소에 자신의 건강을 잘 관리하는 것이 '양' 이다. 수양은 이처럼 우리의 정신을 허령하게 하는데 필수적이다. 남명은 이를 '경' 공부를 통해서 이룩하고자 했던 것이다.

5. 예에 맞게 행동하기

1) 이번엔 오직 주인을 위로하기 위해서 온 것이라네

남명이 일찍이 말하기를,

"중성仲成[임훈의 자]의 덕기는 도당都堂의 한 자리에 앉아서 들뜨고 텅 빈 풍속을 진정시키기에 알맞다."
라고 하였다.

이 때 갈천의 나이 60이 넘었는데도 불구하고, 상례를 지나치게 지켰다. 남명이 이미 글을 보내 예제禮制에 맞게 하기를 권했고, 이제 와서 다시 일부러 찾아가 위문했다.

어떤 사람이,

"삼동 산수가 맑고 아름다워서 구경할 만합니다."
라고 했으나 남명은

"이번 걸음은 오로지 주인을 위로하기 위함이니, 다른 날 갈천과 함께 노닐어도 늦지 않을 것이다."
라고 하였다.

♧

갈천葛川 임훈林薰(1500~1584)은 남명 및 퇴계와 긴밀한 교유관계를 유지하면서 자신의 세계를 구축해 나갔다. 제자 정유명鄭惟明(1539~1596)이 그의 「행장」에서 '남명 조선생과도 외경지분畏敬之分이 있었는데, 남명은 매양 포용과 아량으로 허여했다. 만년에 또 퇴계 이선생과 마음이 같아서 허여함이 깊고 치밀했다.'는 발언은 이를 증명하기에 족하다. 우리는 여기서 갈천이 지니고 있었던 현실에 대한 비판적 태도와 진리에 대한 깊은 천착은 이들과의 교유를 통해 더욱 넓혀질 수 있었다는 것을 알게 된다. 또한 어릴 때부터 학문적

갈천 임훈의 갈계서당

동료가 되었던 옥계玉溪 노진盧禛(1518~1578)과의 교유를 들지 않을 수 없다. 갈천과 옥계는 서로의 학문을 검증해 주며 혹 사물에 대한 시각이 다를 때는 상호 논변을 통해 같은 결론을 도출하며 그 학문세계를 확고히 해 나갔다. 이로 볼 때 갈천은 옥계와 더불어 학문의 기틀을 마련하고, 남명과 퇴계를 만나면서 자신의 학문세계를 더욱 넓혀나갔던 저간의 사정을 이해하게 된다.

갈천은 특히 효도로 뛰어났다. 이로 인해 65세 되던 해에 명종의 명으로 정문旌門이 세워지기도 했다. 남명이 63세 되던 해 갈천을 그의 여막에 가서 위로하였는데, 그 때도 갈천은 상례에 대한 예절을 너무 지나치게 시행하고 있었다. 이에 남명은 편지로 예제에 맞도록 하기를 권하였으며 또한 갈천에게 가서 그의 마음을 위로하며 같이 슬퍼하였다. 이처럼 갈천에게 예에 맞도록 권하는 한편, 스스로도 예에 맞는 행동을 하고자 하였다. 즉 갈천이 사는 갈계리를 비롯한 안의 3동의 산수가 아름답다며 문상을 하러온 걸음에 유람을 권유하는 사람이 있었던 것이다. 이에 남명은 그것은 갈천이 탈상을 하고 나서 갈천과 함께 가도 늦지 않는다면서, 이번 걸음이 갈천을 위로하기 위한 걸음인 것을 분명히 하였다.

그로부터 3년 뒤, 그러니까 1566년 음 3월, 갈천이 탈상을 한 후 남명은 그와 함께 안의 3동을 유람하였다. 안의면에서 산수가 가장 빼어난 세 곳을 예로부터 안의 3동이라 불렀다. 화림동花林洞, 심진동尋眞洞, 원학동猿鶴洞이 그것이다. 화림동은 일명 옥산동玉山洞으로 함양군 안의면에서 26번 국도를 따라 그 구비가 예순 개나 된다는 육십령과 계곡이 길어서 그렇게 이름 지었을 법한 장계長溪로 향하는 길 약 4km쯤에서 시작된다. 심진동은 일명 장수동長水洞으로 안의에서 동쪽으로 약 4km쯤에 있는 꺼멍다리부터 심원정尋源亭, 장수사長水寺, 조계문曹溪門, 용추폭龍湫瀑, 용추사龍湫寺,

'화림동' 각석

은신폭隱身瀑 등이 있는 지금의 용추계곡을 말한다. 그리고 원학동은 거창군 마리면 고학리 쌀다리부터 시작하여 위천의 수승대搜勝臺, 북상갈계숲 등이 자리한 곳까지를 말한다.

남명은 하항河沆, 조종도趙宗道, 하응도河應道, 유종지柳宗智, 이정李瀞과 함께 산천재에서 산청을 거쳐 안의에 갔다. 먼저 옥계 노진盧禛을 찾았다. 노진은 종유인이었으나 예를 다하여 남명을 맞이하였는데 조그마한 술상을 마련하여 술을 권하기도 했다. 남명이 노진의 집을 찾은 날 제자였던 강익姜翼이 찾아왔다. 다음날은 강익과 함께 갈천과 그의 동생 첨모당 임운林芸 형제가 있는 곳을 찾아갔다. 그 때 남명은 이렇게 말했다.

"저번에 여기 왔을 때 삼동의 경치가 좋다고 말하는 자가 많아서 마음에 잊지 못했습니다."

갈천이 말했다.

"나 또한 흥취가 옅지 않다오."

이렇게 하여 남명과 갈천은 먼저 원학동을 유람하고 다음으로 심진동, 그리고 마지막으로 화림동에 들어갔다. 화림동은 안의 3동 중에서도 아름답기로 소문난 곳이다. 예로부터 옥산동의 팔담팔정八潭八亭이라며 시인묵객들은 그들의 시상을 여기서 공급받곤 하였다. 산기슭으로는 화강암이 어깨뼈를 하늘로 힘차게 드러내 놓고, 계곡으로는 오랫동안 물에 이마를 간

돌이 그의 맑은 이마에 온갖 모습의 구름을 흐르게 한다. 남덕유산의 참샘에서 발원한 물줄기가 차가운 본성으로 돌과 돌 사이를 부딪치며 구비구비 돌아든다. 그 물이 비단처럼 아름답기 때문에 사람들은 비단내, 곧 금천錦川이라 불렀다. 금천의 구비마다 자연스럽게 못이 생기기도 하였다.

화림동 '농월정' 각석

이 같은 아름다운 산수 앞에서 남명은 내면 깊숙한 곳에서 일어나는 시흥詩興을 이기지 못했다. 그리하여 「유안음옥산동遊安陰玉山洞」이라는 시 세 수를 남긴다. 화림동의 다른 이름이 옥산동이니 그럴 수 있었다. 이 중 한 수는 5언절구이고 두 수는 7언절구인데, 5언절구는 이러하다.

하얀 돌에 흐르는 구름은 천 가지 모습,	白石雲千面
푸른 댕댕이넝쿨은 수많은 베틀에 베를 짜네.	青蘿織萬機
다 묘사하지 말도록 하라.	莫教摸寫盡
다음 해에 고사리 캐러 돌아올테니.	來歲採薇歸

이 작품에서 남명은 '백석白石'과 '청라青蘿' 등의

자연을 통해 도를 즐기려는 자신의 정신세계를 나타내고 있다. 1구가 '백석'에 다양한 구름의 모습이 비치는 것을, 2구는 그 돌 주위에 있는 '청라'가 수많은 베를 짜듯 촘촘히 자라는 것을 언급한 것이다. 3구와 4구에서 보듯이 남명은 이같이 아름다운 자연을 보면서 고사리 캐러 돌아올 때까지 자연은 그 형상을 모두 그려내지 말라고 하였다. 자연에 대한 친화적 태도를 적극적으로 나타낸 것이다. 4구의 '채미採薇' 또한 주목할 만하다. 백이와 숙제의 고사 이래 '고사리'는 세속을 떠난 은자의 삶을 나타내는 소재로 활용되기 때문이다. 남명은 이처럼 하얀 돌 위에 흐르는 맑은 구름과 댕댕이넝쿨이 이루어내는 훌륭한 경치를 보고 다시 올 것을 기약한다. 은자적 삶을 지향하면서 말이다.

다시 돌아와서 은자적 삶을 누리고 싶다고 생각한 남명의 절창에 갈천은 느낀 바 있어 작품을 남기지 않을 수 없었다. 남명의 시를 차운한 「화림동 월연암에서 남명의 시운을 차운하여[花林洞月淵岩次南冥韻]」가 그것이다.

흐르는 물 천 구비 돌아드는 곳,	流水回千曲
형체를 잊고 앉아 기미마저 놓았다네.	忘形坐息機
참된 근원 모두 궁리하지 못했는데,	眞源窮未了
날 저물어 쓸쓸히 돌아간다네.	日暮悵然歸

화림동, 일명 옥산동

갈천은 이 작품에서 비단내[錦川]가 돌아 흐르는 것을 먼저 노래했다. 1구가 그것이다. 아름다운 경치는 그의 의식을 잡아 놓기에 족하였을 것이다. 그리하여 2구에서 자신의 형체를 잊어버릴 뿐 아니라, 앉은 채로 인간에게 내면화 되어 있는 도덕적으로 순수한 자연생명의 기제機制마저 놓아 버린다고 했다. '좌식기'라 한 것이 바로 그것이다. 참으로 대단한 자연 몰입이 아닐 수 없다. 이까지 시상을 전개시킨 갈천이 3구에서 진원眞源, 즉 참된 근원을 제시한 것은 어쩌면 당연한 일이었다. 갈천은 이 진원을 모두 궁구하지 못했는데 4구에서 보듯이 날이 저물어 안타깝다고 했다. 표면적으로는 산수를 보면서 인간 세계에서 일어나는 다양한 욕망을 버리고 맑은 본성을 구하려 하나 날이 저물어 이것을 제대로 하지 못하고 돌아간다는 것이다. 그러나 그 이면에는 시간의 한계에 부딪힌 지적 고뇌가 도사리고 있다. 성인의 문정에 제대로 들어가지도 못했는데 벌써 나이가 너무 많이 들어 이것을 탐구할 시간이 자신에게는 남지 않았다는 것이 그것이다.

남명은 자신의 운을 따서 지은 갈천의 시를 읽고 3구의 '진원'에 대해서는 나름대로 문제점을 제시하기도 했다. 즉 주자도 '이제야 비로소 참된 근원眞源을 깨달았으나 아직 이르지는 못했다'고 탄식했다고 하면서 후학後學이 쉽게 도를 알았다면서 그 경지를 제시하는 것은 마땅하지 않은 것이라 한 것이 그것이다. 2구에서 보이는 '망형忘形', '식기息機'와 3구에 보이는 '진원'의 탐구를 들어 이렇게 이야기하였던 것이다. 이에 갈천은 안색을 바꾸면서 남명의 말에 공감하였다 하니 남명과 갈천의 학문적 친밀감을 짐작하고도 남음이 있다고 하겠다.

2) 국기일(國忌日)은 근신하는 날

① 남명이 매양 국기國忌를 맞이해서는 풍악을 듣거나 고기를 먹지 않았다. 하루는 두 셋의 이름난 벼슬아치들이 남명을 청하여 절에 모여 풍악을 베풀고 술을 마시는데, 남명이 천천히 말하였다.

"오늘은 어느 대왕의 휘일이오. 제공은 어찌 자신도 모르게 그것을 잊었소이까?"

좌우 사람들이 얼굴빛을 잃고 놀라 사과하며,

"빨리 풍악을 물리고 고기를 치우라."

고 명령하였다.

② 만년에 지리산을 찾아 즐기던 남명이 하루는 구암 이정과 더불어 여러 제자들과 탁영대에서 놀고 있었다. 이 강의 명물인 꺽지를 잡아 회를 치고 술이 여러 순배 돌았을 적에 문득 남명이 천기를 보니 명종대왕이 돌아가셨다.

남명은 마침 안주로 꺽지 한 마리를 입에 넣고 깨물던 찰나였다. 이에 남명은 국상에 근신하여야 하는 선비의 도리로 깨물었던 고기를 물에다 뱉어 버렸다. 그 꺽지가 살아나서 번식하게 되었는데, 이 때문에 오늘날의 덕천강 꺽지는 모두 남명의 이빨에 깨물린 자리가 하얗게 나타나 있다고 한다.

꺽 지

♧

첫째 이야기(①)는 「남명언행록」에 의거한 것이고, 둘째 이야기(②)는 경남 산청군 일대에 두루 구전되는 설화이다. 남명은 예에 대하여 지대한 관심을 갖고 그 스스로 철저하였으며, 제자들에게도 틈이 나는대로 여기에 대하여 가르쳤다. 『덕천사우연원록德川師友淵源錄』에 보이는 문인 도희령都希齡조에, '선생이 지곡사智谷寺 및 단속사斷俗寺를 유람할 때 공이 수일간 모셨는데, 도를 강론하고 예를 논했다' 라고 되어 있다. 이뿐만 아니라 이천경李天慶의 「연보」 31세조에 '남명선생께 가서 문안드렸다. 상제喪制의 예절과 자신에게 절실한 요체 및 위기爲己의 방법을 물었다' 라고 되어 있다. 이것은 남명과 그의 학단에서 있어온 예에 대한 관심의 강도를 짐작케 하는 것이다.

남명의 예학은 『주자가례朱子家禮』에 입각해 있었

단속사지 동서 삼층석탑

지만 오래된 우리나라의 풍속은 국속國俗을 그대로 따르고자 했다. 동강 김우옹이 스승의 행록에서 '혼인·상장喪葬·제사의 예는 대략 『주자가례』를 모방하였으나, 그 큰 것은 취하되 그 세부적인 것은 모두 이에 합치되기를 구하지 않았다' 라는 증언은 이를 잘 말해준다. 그리고 남명은 공자의 이른바 '예禮는 사치하기보다는 차라리 검소해야 하고, 상喪은 잘 치르기보다는 차라리 슬퍼해야 한다' 는 말씀을 철저히 봉행하였다. 이 같은 남명의 생각은 제자들에게도 이어져, 덕계 오건이 「논국혼비례소論國昏非禮疏」 및 「청국혼상검계請國昏尙儉啓」등을 올려 왕가의 혼례가 잘못되었다는 점을 지적하고, 예를 검소하게 할 것을 간하게 된다.

남명은 그 스스로 복중服中에 있을 때는 부모에 대한 애모를 다하여 아침부터 밤늦게까지 빈소를 떠난 적이 없었고, 제사를 지낼 적에는 제물 갖추는 것을 손수 살폈으며, 조문하러 온 사람에게는 반드시 엎드려 곡하고 절할 뿐 앉아서 그 사람들과 이야기하지 않는 등 예제禮制를 철저히 실행한 것으로 보인다. 이 같은 예제에 대한 철저한 시행은 국가의 경우로 확대되어도 마찬가지였다. 『편년』의 기록에 남명이 '매양 나라의 휘일諱日을 만나면 풍악을 듣거나 고기를 먹지 않았다' 라는 것은 바로 이를 말한 것이다. 1558년 4월 남명이 지리산을 유람할 때의 풍경도 같은 측면에서 읽힌다.

강이[이정의 자]의 서제庶弟인 백栢도 따라 갔다. 먼저 옛날 고려조의 장군이었던 이순李珣의 쾌재정快哉亭에 올랐다. …… 얼마 지나지 않아 사천 군수인 노극수魯克粹가 고을 수령의 자격으로 와 보고는 작은 술자리를 베풀었다. 함께 큰 배에 오르자 노군魯君은 술과 안주와 호궤犒饋할 물건을 마련해 주고는 배에서 내려 돌아갔다. 정충순鄭忠順 당溏이 와서 그 과정을 살펴보면서 여러 물건을 주어 우리 일행을 편안하게 해주었다. 기생 열 명이 피리와 장구를 가지고 모두 나열했으나, 이 날은 회간국비懷簡國妃 한씨韓氏의 기일忌日이었기 때문에 음악을 연주하지 않고 채식菜食을 하였다.

회간국비懷簡國妃는 세조世祖의 장자로 성종成宗의 아버지인 회간대왕懷簡大王 덕종德宗의 비 소혜왕후昭惠王后 한씨韓氏를 가리킨다. 남명은 그 기일을 잘 기억했다가 마련해 둔 풍악을 물리치고 채식을 하였던 것이다. 예에 엄격하였던 남명을 잘 이해할 수 있는 대목이다. 앞서 제시한 설화도 남명이 예에 엄격했던 것을 단적으로 보여준다. 첫째 이야기가 다소 평면적으로 남명의 예에 대한 엄격성을 말한 것이라면, 둘째 이야기는 여러 가지 변이형을 만들어내면서 더욱 재미있게 발전되어 있다. 즉 남명이 천기를 보고 명종의 승하를 알게 되고, 그리하여 먹던 꺽지를 뱉어내게 되었고, 이 때문에 덕천강 꺽지에 남명의 이빨자국이 아직까지 남아 있다는 것이다.

꺽지는 꺽저구, 꺽더구 등으로 불리는 것으로 입이 크고 아래턱이 위턱보다 조금 길다. 그리고 앞쪽에 아감덮개 뼈가 있고 그 가장자리에 울퉁불퉁한 톱니가 있어 이빨 자국 같다. 지금의 산천재와 덕천서원 앞을 흐르는 냇물은 맑아 꺽지가 살기에 적당하다. 주변의 사람들이 그 꺽지의 아가미 톱니를 보고 남명과 절묘하게 결합시킨 것이다. 그것도 예를 철저하게 지키다 생긴 남명의 이빨자국이라는 것이다. 촌민村民들에게 예를 가르쳐 준 스승 남명의 감화를 한 마리 꺽지를 통해서 다시 확인할 수 있다.

산천재 앞 시내

6. 지켜야 할 약속

① 남명은 청송聽松 성수침成守琛과 어려서부터 서로 벗을 하였다. 일찍이 성수침과 기생집에 가서 놀았는데, 기생들과 어느 날 만날 약속을 정하였다. 마침 그날 다른 일이 생겨서 약속을 어길 상황이 되었으나 남명은 아무리 기생이라도 약속을 어기면 안 된다고 하면서 억지로 그 약속을 지켰다. 그래서 훗날 대인이 되었다.

② 옛날에 남명이 고향으로 돌아가는 길에 보은 땅의 대곡 성운을 방문하였다. 그 때에 동주 성제원이 보은 군수로 그 자리에 있었는데 남명과는 초면이었다. 남명이 농담으로 말하였다.

"노형께서는 벼슬자리를 끈질기게도 지키시는구려."

동주가 대곡을 가리키면서 웃으며 말하였다.

"바로 이 노인께서 나를 붙들어서라오. 그러나 올해 8월 보름에는 해인사에서 달맞이를 할 작정인데 노형도 오시겠소?"

남명이 말했다.

"좋소."

약속한 날이 되어 남명이 소를 타고 약속에 맞

춰 가는데, 도중에 큰비가 내렸다. 간신히 앞 시내를 건너 절 문으로 들어가자 동주가 누각 위에서 막 도롱이를 벗고 있었다.

♧

첫째 이야기(①)는 유몽인柳夢寅(1559~1623)의 『어우야담於于野談』에 전한다. 남명은 젊은 시절 청송聽松 성수침成守琛(1493~1564)과 어울려 놀았다. 청송은 정암 조광조의 문인으로 1519년 스승 정암이 기묘사화를 만나 처형되고 많은 사람들이 화를 입자 벼슬길을 포기하고 『대학』과 『논어』를 읽고 「태극도」를 그리면서

해인사 일주문

박지원의 『연암집』

조화의 근본을 탐구해 들어갔다. 남명의 절친한 친구 대곡 성운의 사촌형이기도 하고 우계牛溪 성혼成渾(1535~1598)의 아버지이기도 하다. 남명이 18세가 되기 전에 현재의 서울 종로 4~5가인 연화방蓮花坊에서 종로구 효자동 근방의 장의동으로 이사를 하게 되는데, 성수침, 성운 등과 긴밀한 관계를 지니게 된다. 이는 바로 그 때 있었던 일화이다.

젊은 청송과 남명은 공부하는 틈을 타서 기생집에 갔을 것이고, 거기서 남명이 어떤 기생과 언제 만나자고 약속을 했을 것이다. 그런데 변수가 생겨 그 약속을 지킬 수 없는 사정이 생겼는데도, 기생을 하찮은 존재로 생각하지 않고 약속을 지켰으니 대인이 될 자질을 갖추었고, 또 마침내 그렇게 되었다는 것이다. 화류계의 출입이라는 다소 일탈된 상황에서 마련된 사소한 신의여서 그 이야기가 더욱 흥미롭다 하겠다.

둘째 이야기(②)는 연암燕巖 박지원朴趾源(1737~1805)의 『연암집』과 『남명집』 「편년」에 두루 보인다. 이를 중심으로 남명의 약속 지키기를 생각해보자. 남명이 57세 되던 해 대곡 성운을 찾아 속리산으로 갔다. 그리고 옛날 배운 것을 여러 날 강론하였다. 이 때 동주東洲 성제원成悌元(1506~1559)이 그 고을의 수령으로 있었는데 와서 보고 수일을 즐겁게 지냈다. 그 후 동고東皐 이준경李浚慶(1499~1573)이 이를 듣고 탄식하기를, '당시에 응당 덕성德星이 하늘에서 움직였으리라' 하였다고 한다.

남명이 돌아오려 하자 대곡이 작별하기 위하여, 계당溪堂 최흥림崔興霖(1506~1581)의 금적정사까지 왔다. 계당은 여러 문도를 모아놓고 왕도와 패도, 그리고 취하고 버리는 것에 대한 분별과 정일精一 및 중화中和에 대한 학설을 강론했다. 당시 남명은 동주가 뛰어난 능력을 보유하고 있으면서도 제대로 쓰이지 못함을 안

금적정사 자리에 세운 금화서원

타까워하였고, 계당의 뼈에 사무치는 가난을 생각하며 눈물을 흘렸다. 이 같은 남명의 생각은 다음과 같은 시편에 고스란히 담겨 있다.

조그마한 고을이라 공무는 별로 없어,	斗縣無公事
때때로 취한 세계에 들 수 있다네.	時時入醉鄕
눈에 완전한 소가 보이지 않는 칼솜씨를,	目牛無全刃
어찌 닭을 잡다가 상하겠는가?	焉用割鷄傷

안개와 구름 낀 금적산 골짝에서,	金積烟雲洞
그대 만나니 두 줄기 눈물 흐르네.	逢君雙涕流
뼛골에 사무치는 그대 가난을 불쌍히 여기고,	憐君貧到骨
내 머리칼은 온통 눈빛이라 한스럽도다.	恨我雪渾頭
푸른 나무엔 비 막 지나갔고,	碧樹初經雨
국화는 바로 가을을 만났구나.	黃花正得秋
산에 돌아와 환한 달을 끌어안고서,	還山抱白月
혼과 꿈을 한가함에다 부쳤다네.	魂夢付悠悠

앞의 작품은 동주에게 준 「증성동주贈成東洲」로, 뛰어난 능력을 소유한 사람은 커다랗게 쓰여야 하겠는데 사정이 그렇지 못함을 아쉬워하였다. 동주가 현감이라는 미관말직을 맡고 있었기 때문이다. 그래서 남명은 4구에서처럼 닭을 잡는데 소 잡는 칼을 쓸 필요가 있겠는가 라며 조소 섞인 어투로 반문하였던 것이다.

가야산 홍류동

뒤의 작품은 계당에게 준 「증최현좌贈崔賢佐」로 그의 불우에 대하여 가슴 아파한 것이다. 남명이 작별할 때는 이들이 시를 지어 이별하자 남명은 다시 '어찌 천리의 길을 이별하랴(那堪千里別)? 백년의 회포도 풀지 못한 것을[未解百年愁]' 이라며 화답하기도 한다. 특히 동주는 중로中路에서 전송하는 자리를 만들어, "그대와 내가 모두 중늙은이로 각기 다른 고을에 살고 있으니, 다시 만나기를 어찌 바라겠소?" 라고 하였다. 그리고 이듬해 8월 보름에 가야산 해인사에서 만나기로 약속한 것이다. 그 약속은 마침 큰 비가 왔는데도 불구하고 철저하게 지켜졌다. 당시 대곡은 동주가 남명을 만나러 남행南行을 한다고 하자 시를 지어 보내기도 했다.

남쪽으로 가야산 향하는 발걸음도 가벼운데,	南向伽倻馬足輕
멀리서 기약한 처사, 이제 서로 만나리.	遙期處士此相迎
종산이 만일 밭가는 늙은이를 묻거든,	鍾山若問躬耕叟
나이 많고 병들었다고 말해 주게나.	爲報年添病轉嬰

동주가 남명을 만나러 속리산에서 남쪽 가야산으로 내려왔으니 1구에서 '남향가야'라 하였고, 남명을 만난다는 설레임으로 발걸음이 가벼울 수밖에 없다. 이제 동주도 벼슬을 그만 두었으니 명실공히 2구에서 '처사'들이 서로 만나게 될 것이라고 대곡은 말한다. 3구의 '종산'은 아름다운 옥이 많이 나는 산으로 맑고 깨끗한 정신적 풍모를 가진 남명을 비유한 것이다. 그러니 남명이 만약 자신의 안부를 묻거든, 4구처럼 '나이 많고 병들었다고 말해 주게나'라고 하면서 애틋한 안부의 말을 덧붙였다.

이들은 서로의 안부를 묻고 여러 날 학문에 대해서도 토론하면서 시사時事를 걱정했다. 그 가운데서도 백성들의 고달픔에 가슴을 쳤다. 일찍이 남명은 세상에 대한 걱정과 백성에 대한 슬픈 마음을 잊지 못하여 매양 달 밝은 밤이 되면 홀로 앉아 슬픈 노래를 하고,

노래가 끝나면 눈물을 흘렸다. 그리고 생민의 곤고함을 염려하여 아픈 병이 자기 몸에 있는 듯하였으며, 마음에 회포가 쌓이면 말이 오열에 이르기도 하고, 벼슬살이하는 자와 말할 때에는 조금이라도 백성에게 이익이 되는 것이 있다면 힘껏 알려서 혹시라도 시행되기를 바랐다. 이날도 그러했다. 이 때문에 연암 박지원은 남명과 동주의 우중회동雨中會同과 그 담론에 대하여 이렇게 평가하였던 것이다.

> 아! 남명은 처사요, 동주도 이미 관직을 떠났다. 그렇거늘 그들이 밤새도록 서로 나누는 이야기는 백성이 겪는 기쁨과 슬픔을 벗어나지 않았다. 절의 중들이 지금까지도 그들 이야기를 전하고 있으니, 산중의 고사가 되었다.

산중고사를 만들어 냈던 동주와 남명, 그들은 지금도 금화서원에 함께 있다. 금화서원은 충청북도 보은군 삼승면 선곡리에 있는데 1814년(순조 14)에 최흥림의 후손 최덕진이 지방 유림 강재문姜在文 등의 동의를 받아 1815년에 창건하였다. 여기에는 남명을 비롯하여 삼지三池 최운崔澐, 대곡 성운, 동주 성제원, 계당 최흥림 등

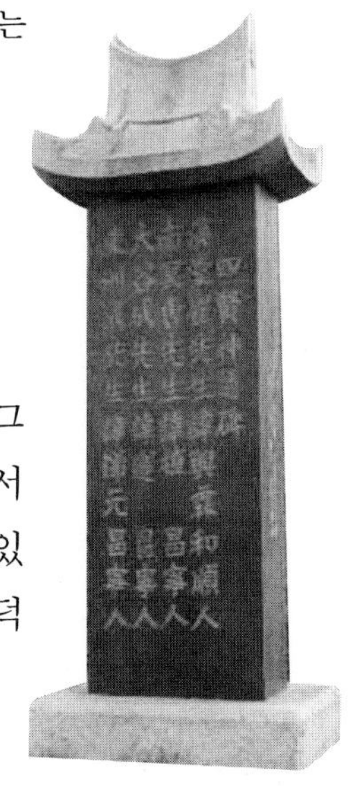

보은의 4현(계당, 남명, 대곡, 동주) 신도비

5위가 모셔져 있다. 1871년(고종 8)에 훼철되었다가 광복 후 1917년에 복원한 것이다. 강당의 이름은 '계당溪堂' 인데, 최홍림이 을사사화 후 이 곳에 은거한 후 이렇게 편액하고 성리학을 연마한 전례를 따른 것이다.

7. 밤에 하는 공부

1) 네 사람의 잠 안 자기 시합

어느 날 화담 서경덕, 대곡 성운, 토정 이지함, 남명 조식 이렇게 넷이서 잠 안 자기 시합을 벌였다. 화담과 대곡은 약 1주일을 버티다가 견디지 못하고 잠을 잤고, 토정은 보름동안 잠을 자지 않을 수 있었다. 그러나 16일 되는 날 그 역시 잠의 수렁 속으로 깊이 떨어지고 말았다. 그러나 남명은 그로부터 4일이 더 지난 20일 동안 잠을 자지 않을 수 있었다. 이렇게 하여 남명이 이 시합에서 승리하였다.

♧

경남 밀양 일원에서 전해지는 이야기다. 화담과 대곡, 토정과 남명은 모두 처사형 사림이다. 이들은 16세기의 사화기를 거치면서 현실대응으로 역설적 방법을 선택했던 인물들이다. 즉 재야에 은거하면서도 정치현실에 대해서는 비판적 자세를 견지하였던 일군의 문인들이라는 것이다. 이들은 은일隱逸, 일민逸民, 처사處士 등으로 불리며, 성리학을 학문의 중심에 두면서도 노장사상 등 다양한 세계를 탄력적으로 받아들인다. 이들이

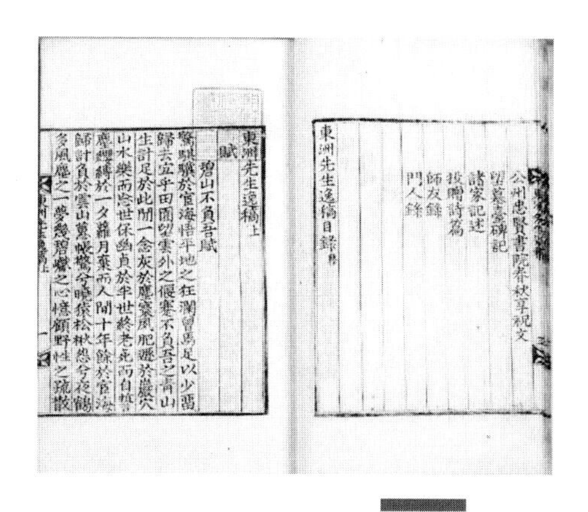
公州忠賢書院春秋享祝文
望墓臺碑記
諸家記述
挽贈詩篇
師友錄
門人錄

東洲先生逸稿目錄 終

東洲先生逸稿上

賦

碧山不負吾賦

성제원의 『동주선생일고』

도가사상과 밀착되어 있었으므로 이들과 관련된 도술설화나 기행奇行 관련 이야기들이 많이 전해지고 있다. 화담이 서울에 있으면서 공주의 마곡사에서 콩죽을 쑤는 중이 솥에 빠져 죽는 것을 알았다거나, 토정이 인간과 우주의 원리에 통달한 선도의 대가로 칭송받는 것 등이 대체로 그러한 것이다.

위의 잠 안 자기 시합도 그 가운데 하나이다. 원래 잠 안 자기 이야기는 동주 성제원의 경우가 가장 널리 알려져 있다. 이긍익의 『연려실기술』에 의하면 동주가 일찍이 어느 중 한 명과 보름 동안 잠 안자는 내기를 하는데, 중은 열사흘이 되어 쓰러져서 정신없이 잤으나, 동주는 열다섯 밤을 그대로 새우고 난 뒤에도 잠자고 먹는 것을 평상시와 같이 하였다는 것이 그것이다. 이 같은 이야기가 남명을 중심으로 생성될 수 있었

던 것은 다 그럴만한 이유가 있다. 즉 남명이 특별히 밤에 공부하는 것을 강조하였기 때문이다.

남명은 제자들에게 항상 이렇게 말했다.

> 배우는 사람은 잠이 너무 많아서는 안 된다. 사색하는 공부는 밤에 더욱 정신이 전일해지는 것이다. 공부는 경敬을 유지하는 것보다 긴요한 것이 없다. 이 때문에 한 가지 일에 집중하면서 항상 정신은 깨어 있어야 하고 몸과 마음은 잘 단속되어야 하는 것이다.

제자들에게 이렇게 말했을 뿐만 아니라, 그 자신 전일한 몸가짐 마음가짐을 위해서 무척 애썼다. 『남명집』「편년」 18세조에 보듯이, 남명이 일찍이 깨끗한 대접에 물을 가득 담고 두 손으로 받들어 밤새도록 엎지르지 않았다고 하는데, 이것은 모두 뜻을 제대로 지켜 마음을 전일하게 하고자 함이었다. 『예기』「제의」 등에 보이는 '옥을 잡듯 가득찬 물을 받들 듯' 한다는 말을 실천한 것이기도 한다.

「언행총록」에 '마음을 공경스럽게 하여 편안히 기미를 살피고, 주일근독主一謹獨을 행동의 방법으로 삼았다' 라고 하거나, '새벽에 일어나 의관을 갖추고 띠를 매고서는 자리를 바로 하여 엄숙히 앉아 있으니 바라보면 그림이나 조각상 같았다' 라고 한 것은 모두 마음을 전일하게 하기 위함이었다. 남명이 졸음을 극복하면서 밤에 힘써 공부하고자 한 것도 조용할 때 마음이 전일해져서 자신의 본래면목으로 돌아갈 수 있기 때문이었다. 위에서 제시한 잠 안 자기 시합은 화담, 대곡, 토정과 더불어 분명한 서열을 매긴 것이긴 하지만 고요한 밤에 사색하는 남명의 공부법에서 생성된 이야기라 하겠다.

2) 조용히 책 읽기

남명은 29세 때 되던 해 정월에 자굴산闍堀山에서 글을 읽었다. 자굴산은 의령에 있다. 여기에는 명경대明鏡臺가 있어 매우 높고 시원했기 때문에 남명이 항상 왕래하며 노닐었다. 당시에 지은 시 두 수가 있는데 이러하다.

도끼로 바위를 깎아 산 북쪽에 세웠는데,	斧下雲根山北立
소매로 하늘을 치듯 봉새는 남쪽으로 날아갔네.	袖飜天窟鳳南移
훌쩍 떠나 열흘 정도 지나 돌아오고자 하여,	泠然我欲經旬返
일행에게 알리고 바닷가로 돌아가네.	爲報同行自岸歸

높은 대 누가 공중에 솟게 했는지?	高臺誰使聳浮空
당시 오주鰲柱가 부러져 골짜기에 박힌 것이리.	鰲柱當年折壑中
창공이 저대로 내려오는 것 허락치 않아,	不許穹蒼聊自下
양곡暘谷을 다 볼 수 있도록 하려 한 것이리.	肯教暘谷始能窮
속인이 이르는 것 싫어해 문 앞에 구름이 드리우고,	門嫌俗到雲猶鎖

마귀의 시기가 두려워 바위를 나무가 에워쌌도다.　　巖怕魔猜樹亦籠
상제에게 빌어 주인 노릇 해볼까 해도,　　欲乞上皇堪作主
은혜 융성한 걸 인간 세상에서 질투하니 어쩔 수 없네. 人間不奈妬恩隆

이 때 책을 가지고 승사僧舍에 머물면서 책상 앞에 조용히 앉아 밤낮으로 글의 뜻을 제대로 이해하기 위하여 힘을 다해 공부하였다.

절에 있는 중이 말했다.

"그가 거처하는 방이 종일토록 조용하여 아무런 소리가 들리지 않았다. 그러다가 매양 밤이 깊을 때면 손가락으로 책상을 가만히 두드리는 소리가 들리기 때문에 아직도 글을 읽고 있는 줄 알았다."

자굴산 정상

♧

『남명집』「편년」 29세조의 내용이다. 남명은 28세 때 아버지의 상기喪期를 마친다. 그리고 이듬해 자굴산에 들어가서 독서를 하게 되었던 것이다. 자굴산은 해발 897m로 남명의 고향 삼가와 의령의 경계를 이루고 있는 산이다. 남명은 28세 때 부친 판교공의 상복을 벗고, 이듬해 자굴산 명경대에서 글을 읽었다. 자굴산은 의령의 진산鎭山으로, 명경대는 정상 조금 못 미치는 곳에 있다. 흔히 의령군 가례면 갑을리 산 136번지에 있는 하늘을 향해 우뚝 솟은 바위가 바로 그것이라 한다. 위의 시에 나타나는 것처럼 그 바위는 공중을 향하여 높이 솟아있고, 여와씨如媧氏가 오색의 돌을 쪼아 하늘을 깁고, 자라의 발을 잘라 네 기둥으로 만들었다는 오주의 고사를 연상할 만하다.

남명은 그 아래 산사에서 공부를 하였다. 책상의 먼지를 털어내고 책을 펴서 마음과 눈이 함께 집중되어 묵묵히 살피고 생각에 잠겨 입으로는 글 읽는 소리를 내지 않았다. 서실 안이 고요하여 사람이 없는 듯하

자굴산 명경대

였다. 이같이 고요한 가운데 남명은 독서를 넓으면서도[博] 정밀하게[精] 하였다. '박' 하면 '정' 하기 어렵고, '정' 하면 '박' 하기 어려운 법인데 남명은 '박이정博而精' 했던 것이다. 다음의 자료는 이를 설명할 수 있는 유력한 사례가 된다.

> 글을 보면 열 줄을 한꺼번에 알았다. 경전과 사서 춘추를 이미 두루 보아 익힌 다음 천문天文 · 지지地志 · 의방醫方 · 수학數學 · 궁마弓馬 · 항진行陳 · 관방關防 · 진수鎭戍에 이르기까지 뜻을 두어 깊이 알지 않는 것이 없었다. 세상의 쓰임에 응하려 했으며 문장과 공업으로 한 시대를 달리고 천고를 뛰어 넘을 뜻을 스스로 기약하였다.

> 붉은 먹을 사용하여 사람의 선악을 구별하였다. 순수하게 선하면 모두 붉게, 순수하게 악하면 모두 검게 표시하였다. 바깥으로 선한 듯하지만 안으로 악하면 바깥은 붉고 안은 검게, 바깥으로는 악한 듯하지만 안으로 선하면 바깥은 검고 안은 붉게 표시하였다.

이들 자료를 통해 남명의 독서방법을 알 수 있다. 아마도 명경대에서 독서할 때도 이러했을 것이다. 세상의 쓰임이라는 실용성에 학문의 근간을 두었기 때문에 그 학문영역은 그야말로 전방위적全方位的이었다. 그리고 사람들이 현실을 어떻게 대응해 나가는가,

이와 관련된 선악의 문제를 철저하게 따져 자신의 입장을 분명히 밝히고자 하였다. 따라서 남명은 서적을 넓게 섭렵하면서도 깊이 이해하고자 했던 것으로 보인다.

남명은 박학적 학문태도에 기반하여 앞사람의 언행 중 자신에게 도움이 될 만한 말을 독서노트에 적어두기도 하고, 책을 읽은 후 자신의 느낌을 독후감으로 쓰기도 했으며, 책에 붉은 색과 검은 색으로 표시해 가며 정밀하게 내용을 파악하기도 했다. 특히 「해관서문답解關西問答」에서 남명은 많은 책을 거명해가면서 오류가 있는 책에 대해서는 전고를 들면서 비판을 가하였다. 이것은 그의 박학과 정밀한 독서태도를 단적으로 말하는 대표적인 예라 하겠다.

남명은 사림파 학자들에게서 흔히 볼 수 있는 유가서적 일색의 편협한 서적 수용태도에서 벗어나 소위 '이단잡류지설異端雜類之說' 이라 할 수 있는 노장이나 패설 등도 관심대상에서 제외시키지 않았다. 유가 서적류에서는 『대학』, 『주역』, 『심경』을 가장 열심히 읽었다. 이것은 각각 하학을 닦고, 시의時宜를 파악하며, 마음을 밝히는 데 도움이 된다고 믿었기 때문이다. 도가 서적류는 『장자』를 단연 으뜸으로 수용하였다. 이로써 자신의 내적 초월의지를 다질 수 있었기 때문이다. 그리고 『동국사략』 등 역사서를 두루 섭렵하여 현실을 객관적으로 파악하였으며, 『술이기』 등 소위 패

설류를 읽어 사고를 확대하는가 하면, 『초사』나 『고문진보』 등을 탐독하여 문장 수업 역시 게을리 하지 않았다.

8. 사람을 보는 눈

① 성대곡이 지은 남명의 행록에 이런 말이 있다.

"공이 두류산에 놀 때 한 젊은 사람을 만나보고는 사람에게 말하기를 '시기하고 질투하며, 착한 사람을 원수처럼 보니, 훗날에 만일 뜻을 얻게 된다면 착한 사람들이 화를 입을 것이다' 라고 했다."

뒷사람이 그것은 기고봉奇高峰을 지목한 것으로 의심하니, 어디에 근거한 것인지 알 수 없다. 괴이한 일이다.

② 기대승은 기개가 호기로워 언론이 능히 온 좌중을 굴복시키므로 맑은 명성이 높았으나, 이량李樑이 그를 꺼려해서 한림으로 있다가 삭직되어 쫓겨났다. 이량이 패한 뒤에 사류가 그를 밀어서 영수가 되게 하니 대승 역시 국가를 경륜하는 것으로 자부하였다. 그러나 그 학식이 다만 변박辯博하여 크게 늘어놓았을 뿐, 실상은 굳게 잡고 실천하는 공부가 없었다. 또 남에게 이기기를 좋아하는

병통이 있어, 사람들이 자기에게 따르는 것을 기뻐하였으므로 개결한 선비들과는 합하지 아니하고 아첨하는 자가 많이 따랐다. 언론도 또한 평범함을 따르고 혁신하는 것을 기뻐하지 않았다.

젊었을 때에 남명이 기대승을 보고서 말하기를,

"이 사람이 득세한다면 반드시 나랏일을 그르칠 것이다."

하였고, 기대승도 역시 남명을 유자儒者가 아니라고 하여 둘이 서로 인정하지 않았다. 대사성이 되어서는 성균관 유생에게 음식을 적게 주고 또 '먹는데 배부른 것을 구하지 말라(食無求飽)' 고 출제하여 시험 보이니, 많은 유생들이 관館에 들어가지 않았다. 위훈僞勳 삭제를 한창 논할 때에 대승이 홀로 말했다.

"을사년의 훈공은 허위가 아니오. 또 선왕 때에 정한 일을 이제 삭탈할 수 없소."

이에 간당奸黨들이 기대승을 종주로 삼으니 식자識者가 매우 옳게 여기지 않더

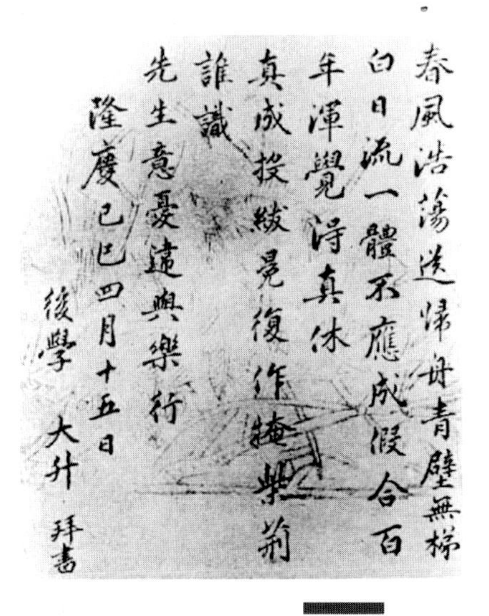

기대승의 필적

니 이때에 이르러서 벼슬을 버리고 돌아가다가 중도에 비종臂腫을 얻어 객지에서 죽으니, 세상 사람들이 그 재주를 애석히 여겼다. 비록 실용의 재주는 아니었으나 뛰어나게 영특하였다. 퇴계와 더불어 사단칠정의 같고 다른 점을 변론한 것이 몇 천 마디에 달하였는데 논의가 발월하였다.

♧

첫째 이야기(①)의 출전은 정홍명鄭弘溟(1592~1650)의 『기옹만필畸翁漫筆』이고, 둘째 이야기(②)의 출전은 이긍익의 『연려실기술』이다. 남명이 지리산을 유람할 때 고봉 기대승을 만났다는 기록은 없다. 다만 1558년 4월 22일 신응사에서 '호남 선비 기대승奇大升의 일행 열한 사람도 비에 막혀 상봉上峯에 올랐다가 아직 내려오지 못하고 있다는 소문' 을 들었을 뿐이다. 뒤의 자료에서 보듯이 남명은 고봉을 '이 사람이 득세한다면 반드시 나랏일을 그르칠 것' 이라며 인정하지 않았고, 고봉 역시 남명을 '유자가 아니' 라며 인정하지 않았다. 사실이 이러하다면 이 같은 이야기를 하게 된 계기를 만들어야 할 터인데, 그것이 바로 지리산을 유람할 때라고 사람들은 추측한 것이다. 이밖에 『남명집』「언행록」을 보면 남명의 사람 보는 눈을 제시한 곳이 더러 있다. 다음을 보자.

어떤 신진 소년으로 청환요직을 지내고 한껏 명예를 드러낸 자가 있었다. 남명이 한 번 보고 사람들에게 말했다.

"그 재주를 갖고 스스로 믿으며, 기운을 타고 남을 억누르려 하니, 후일에 어진 사람의 적이 되고 능한 자를 해치는 일이 꼭 이 사람으로부터 나오지 않는다고는 못할 것이다."

그 후에 과연 그가 높은 자리에 올라 몰래 흉한 무리와 결탁하여 법을 마음대로 하고, 위세를 드날리어 사류士類가 이 사람에게 죽임을 당하였다.

어떤 선비가 문장의 재예才藝를 가지고 아직 과거는 하지 않았는데, 그 사람됨이 음험하고 시기질투하며 어진 사람을 원수처럼 보는데, 남명이 우연히 여럿이 모인 가운데 그를 보고 물러나 벗들에게 말했다.

"내가 그의 양미간을 살펴보니 그 사람됨이 얼굴은 반듯한 것 같으나 마음속에 화심을 품었으니 만약 자리를 얻어 뜻을 펴게 되면 착한 사람들이 아주 위태로워질 것이다."

벗들이 그 사람을 알아보는 명철함에 탄복하였다.

위의 이야기로 우리는 남명이 기본적으로 재주보다 덕성을 더욱 소중하게 생각했다는 것을 알게 된다. 자신의 재주를 믿으며 남을 누르려 하거나, 또한 재주

기대승의 월봉서원

를 믿고 다른 어진 이들을 시기 질투하는 것을 비판했다. 사람됨이란 재주에 있는 것이 아니라 그 덕성에 있다고 보았기 때문일 것이다. 남명이 고봉을 바라본 것도 바로 같은 시각에 기반한 것으로 보인다. 이 같은 태도에 의거하여, 남명이 어쩌면 관상에도 남다른 능력이 있었는지 모른다. 양미간을 보고 그 사람됨을 판단하기도 했기 때문이다. 관상은 원래 얼굴로 그 범위가 한정되지 않는다. 그 사람의 말하는 태도라든가 행동거지를 포함하기도 하니, 남명은 사람의 얼굴 및 다양한 행동양식을 통해 그 사람됨을 알아보았을 것이다.

제3장

이런 일 저런 이야기

1. 범에게 시집보낸 처제

남명 조식이 젊었을 때의 일이었다.

그가 처가에 가려고 산골짜기를 지나가는데, 숲 속에서 거인의 목소리가 들려왔다.

"조 아무개 오느냐?"

조식이 말에서 내려 숲 속으로 들어가니, 큰 호랑이가 사람의 말을 하는 것이었다.

"네 처제와 나는 천생연분이다. 네가 혼인을 하도록 해주면 좋겠다."

"말하는 것이야 어렵지 않소만, 우리 처가에서 내 말을 어찌 곧이듣겠소?"

"듣고 안 듣는 거야 네 처가에서 맡을 일이고, 너는 다만 말만 전해주면 된다. 그렇게 하지 못하겠다면 내가 너를 잡아먹고야 말 것이다. 만약 네 처가에서 내 말을 듣지 않으면 구족을 죽이고야 말리라."

조식은 어쩔 수 없어 허락을 하고 말았다.

그러고 나서 처가에 갔는데, 말을 하자니 어떻게 해야 좋을지 모르겠고 말을 않자니 화가 자신에게 닥칠까 걱정이 되었다.

조식은 달포 가량을 처가에서 머물다가 장인에게 말하였다.

"제가 지금껏 머물러 있었던 것은 사실 어떤 일이 있기 때문입니다. 바라옵건대 집안사람들을 모아 주시기 바랍니다."

조식의 장인은 처음부터 사위를 사리에 밝아 엄한 스승처럼 여겨 왔던 터라, 그의 말을 듣고 놀라서 즉시 문중 사람들을 모았다.

사람들이 모이자, 조식은 그가 처가로 오는 길에 이러이러한 변괴가 있었다고 말하였다. 자리에 있던 사람들이 모두 크게 놀랐으나 어찌해야 할지를 알지 못했다.

조식의 처제는 그의 말을 듣고 조금도 두려운 빛이 없이 집안 어른들에게 아뢰었다.

"만약 듣지 않으면 온 집안이 화를 입게 되옵니다. 한 계집의 생사와 구족의 존망을 견주어 보면, 그 경중은 말해 무엇하겠습니까? 감히 청하옵건대,

이 혼인을 안타깝게 여기지 마시옵소서."

그녀의 부모는 답답하여 말을 하지 못하고, 집안 어른들은 그녀의 지극한 효성을 칭찬하였다. 결국 혼인을 허락한 것이다.

조식이 다시 숲 속으로 가니, 호랑이가 또 큰 소리로 말하였다.

"조 아무개가 왔느냐? 과연 통혼은 하였느냐?"

"전해드렸소"

"그쪽에서 뭐라고 하더냐?"

"장인어른께서는 가부간 말씀이 없으셨고, 처제가 스스로 혼인을 결정하였소."

그제야 호랑이가 크게 기뻐하며 말하였다.

"내 그럴 줄 알았다."

하고는 이어서 말하였다.

"너는 다시 처갓집에 가서 내 말을 이렇게 전하여라. '아무 날이 매우 길하니 혼례 준비를 성대히 하고 기다리라' 고. '만약 그렇게 하지 않으면 화가 적지 않을 것이라' 고 말이다."

조식은 그러마 하고 처가로 돌아가 호랑이의 말을 전하였다.

장인과 장모는 슬피 울 따름이었다. 그의 처제가 말하였다.

"이 혼례는 특별한 것이니 평상시처럼 해서는 안 됩니다."

하고는 종들에게 성대하게 혼례 준비를 하라고 분부하였다. 그리고는 손수 입을 옷과 이부자리를 만들었다.

혼인날이 되어 큰 호랑이가 호랑이와 표범 50여 마리를 거느리고 으르렁거리며 들어오니, 고을 전체에 놀라 자빠지지 않는 사람이 없었다.

호랑이는 초례청에 들어 예법대로 맞절을 하고 신방에 들어갔다. 신부도 옷을 갖추어 입고 들어갔다.

새벽이 되어 신부가 나오자, 그녀의 어머니가 물었다.

"네가 어떻게 살아 있었니?"

딸은 미소를 지을 뿐 대답을 하지 않았다. 거듭 묻자, 그녀가 낮은 소리로 말하였다.

"어머님께서는 두려워 마시고 창 밖에 가셔서 들여다보기나 하세요."

어머니가 들여다보니, 옥같이 훤한 신랑이 단정히 앉아서 책을 보고 있었다. 신부의 아버지가 그 말을 듣고 들어가 보니, 신랑은 바로 이웃집 소년이었다.

그 소년은 태어날 때부터 바탕이 예사롭지 않았고, 운명을 미루어 헤아리는 학문과 둔갑술에 조예가 깊었던 것이다. 조식의 처제 또한 예사롭지 않은 인물이었으니, 가히 두 사람은 천생배필이라고 하겠다.

그리고 두 사람은 편지나 소식을 주고받고 있었던 것이다. 그러나 신랑의 지체와 문벌이 약간 낮았던 까닭에 이러한 변장술을 부렸던 것이고, 그녀는 이미 알고 있었으면서도 말을 하지 않았던 것이다.

♧

남인계 문인 노명흠盧命欽(1713~1775)이 『동패락송』에서 전한 이야기다. 이 이야기에 편집자의 편견이 개입되어 있을 수 있다. 『동패락송』에는 두 편의 남명 관련 설화가 전하는데, 우리가 앞서 살핀 칼과 말, 그리고 미인을 좋아하였다는 이야기와 위의 이야기가 그것이다. 위의 이야기에서 남명은 미인에게 유혹되어 그에게 이끌린 결과, 중과 사통하는 음녀를 죽이고 처음 만난 미인의 원수를 갚는다. 그러니까 남명은 미인의 원수를 갚아 주고, 거기서 깨달은 바 있어 글공부에 전념했다고 한다. 남명이 이 설화에서 대단히 외소화되어 있을 뿐만 아니라 그의 사치설화도 함께 첨부되어 있는 것을 보면 다소의 악의적 전승이라 할 수 있다.

위의 이야기에서 남명은 주동인물이 되지 못한다. 장인이 남명을 '엄한 스승'처럼 여겼다는 것 외에 남명에겐 이렇다 할 능력이 있음을 확인할 길이 없다. 다

민화 까치호랑이도

만 어쩌다가 호랑이와 처제 사이의 혼인에 깊이 개입되었을 뿐이었다. 그러니까 남명은 주동인물인 호랑이의 소원을 성취시켜 주는 보조적인 역할을 하는 인물로 상정되어 있다는 것이다. 지체 낮은 이웃집 총각이나 그의 사람됨을 알아보는 처제가 오히려 남명의 능력보다 뛰어난 점이 있었던 것이다.

그러나 이 이야기를 이처럼 간단히 보고 말 것도 아니다. 남명의 장인이 남명을 엄한 스승처럼 여겼으니 어쨌든 남명은 명망있는 인물임에는 틀림이 없다. 이 같은 인물이 주동인물의 보조역할을 한다고 했으니 남명을 능가하는 훌륭한 숨은 이인이 있을 수 있다는 것을 역으로 보였다. 호랑이로 환신한 이웃집의 지체 낮은 총각이나 그 총각의 마음을 안 처제는 능동적으로 자신에게 맡겨진 운명을 개척해 나가는 것으로 그들의 이인적 능력을 활용하였다. 남명은 바로 이 같은 과정에서 그 일이 제대로 성사될 수 있도록 매개한다. 남명의 역할은 바로 여기에 있다 하겠다.

2. 유택 주었다 빼앗기

남명이 청학동靑鶴洞을 찾아갔다. 예로부터 신선이 산다고 알려져 있고 장생불사한다는 말을 들었기 때문이었다. 그러나 숲이 너무 짙고 험한 산골짜기여서 청학동을 뒤로 하고 하동의 악양岳陽을 거쳐 다시 덕산으로 온다. 덕산에 와서 살면서 풍수지리에 관심을 가지고 있던 터라 자신의 유택을 하나 잡아 두었다. 그것을 친구가 알고 달라고 해서 자신이 잡아 놓은 유택을 양보했다.

남명 묘소

그런데 남명이 죽고 상여가 땅에서 떨어지지 않아 옮길 수 없었다. 이 때문에 제자들을 비롯한 많은 사람들이 걱정을 하면서 모여들었다. 이 때 남명이 잡은 터에 묻힌 사람이 그 아들의 꿈에 나타나 다음과 같이 현몽을 하였다.

"남명 선생이 와서 내 자리를 비켜달라고 하는구나. 비켜달라고 하니 어쩌겠느냐? 나를 이장시키도록 해라."

아들이 놀라면서 물었다.

"아버지의 유해를 다시 파내어 어디로 모시라는 말씀입니까?"

이 말을 듣고 죽은 아버지가 다시 말했다.

"남명 선생이 가르쳐 주었는데, 어디에 가면 복지福地가 있다는구나. 거기에 묻도록 하여라."

꿈에서 깨어난 아들은 꿈 속 일이 너무나 선명하여 죽은 아버지가 가르쳐 주는 대로 이장을 하였다.

그러자 남명의 상여가 땅에서 떨어졌고, 그의 유해는 마침내 자신이 친구에게 양보한 곳에 묻히게 되었다.

♧

경남 진주시에서 채록한 설화이다. 남명은 지리산의 여러 곳을 답사하고 마지막으로 덕산동으로 들어왔다. 그리고 거기에 자신이 묻힐 유택을 직접 정하였다고 한다. 남명이 다양한 곳에 관심을 두고 여러 번 지리산을 답사하였고 자신의 유택까지 잡았다 하니, 그의 풍수에 대한 능력은 그의 도학에 비례하여 알려졌다. 그리하여 안분당安分堂 권규權逵(1496~1549)가 죽었을 때는 그의 죽음을 슬퍼하며 남명이 묘소를 잡아주었다 하기도 하고, 매부인 월담月潭 정사현鄭師賢(1508~1555)이 죽었을 때도 남명이 그의 묘소를 잡아주었다고 한다. 이처럼 남명은 풍수지리설에도 일가견이 있었던 것으로 보인다.

전설은 허구이지만 대체로 근거를 갖고 있다. 남명의 '유택 주었다 빼앗기' 도 마찬가지다. 친구에게 자

월담 정사현과 남명의 누이 창녕 조씨의 묘소

신이 잡은 명당자리를 주었는지는 알 수 없지만 상여가 멈추고 아들의 꿈에 현몽하여 이장을 하였다는 이야기는 모두 허구가 아닐 수 없다. 그러나 남명의 묘소에서 윗쪽으로 200m쯤 올라가면 이미 오래 전에 이장한 흔적이 있는 커다란 묘 자리가 나온다. 결국 남명의 '유택 주었다 빼앗기' 설화는 이 묘와 결합되면서 민중들이 만들어낸 것임을 알게 된다.

풍수는 장풍藏風과 득수得水를 줄인 말이다. 장풍은 공기, 즉 천지간에 바람을 타고 이합집산하여 운행하는 정기를 모으는 법을 말하는데, 우리들이 기거하는 양택陽宅에서 중시하는 것이고, 득수는 물에 실려 오는 정기를 이르는데, 특히 음택陰宅에서 중시하는 요소이다. 하늘과 땅 사이에 충만한 정기精氣가 지하로 흐르거나 바람과 물을 따라 유동하는 것으로 보고 이 좋은 정기가 강하게 뭉쳐진 곳을 찾아 조상의 유해를 모시거나 집을 짓고 살면 홍성한다는 속설俗說에 따라 집을 짓거나 유해를 모셨던 것이다.

위의 묘소에 관한 이야기는 음택설로, 산천재 뒷산 임좌원壬坐原에 있는 현재의 남명 묘소를 두고 말한 것이다. 임좌는 정남향에서 동쪽으로 15° 틀어진 방향이다. 풍수가 장영훈 씨는 이곳을 잠두혈蠶頭穴, 즉 누에머리부분에 남명의 묘소가 놓여 있다고 한다. 풍수의 형국론에서는 동식물의 모습[形]에서 힘[勢]을 찾는다. 그 곳이 바로 혈[穴]이다.

남명 묘소의 경우 그 산의 모습이 잠형蠶形이고, 누에의 힘은 목과 그 윗부분에 있으니 묘소가 있는 자리는 '두세頭勢'를 지닌다는 것이다. 따라서 남명 묘소가 놓여 있는 곳은 잠두혈이라는 설명이다. 그리고 묘소 앞에 있는 시천矢川의 건너편 산을 옥녀가 비단을 짜는 형국인 옥녀직금형玉女織錦形으로 본다. 오늘날의 '사리絲里'라는 행정구역상의 명칭 역시 이와 관련이 있다는 주장이다. 사실 '사리'는 사륜동絲綸洞에서 온 것으로 고려말의 한유한과 관련된 지명으로 널리 알려져 있다. 그러나 특이한 주장이기에 우선 기록해 두기로 한다.

덕산 초입의 입덕문 각석(배대유 글씨)

3. 지나가서 붙여진 땅이름

① 묵은 다리 : 옛날에는 진교陳橋라 하였다. 도보로 다니던 시절에 묵은 다리가 있었던 곳이라는 뜻이다. 마을 뒤에는 의방산義方山이 높이 솟아 있고 마을 앞에는 송객정送客亭[남명이 그의 제자 덕계 오건을 전별하던 곳]과 파구정破寇亭[손승효 의병장이 임란 때 왜적을 파한 곳] 등이 있다. 들이 넓고 기름진 큰 마을이다.

명상마을 표석

② 면상촌面上村 : 스승과 제자 사이인 남명과 덕계는 항상 송객정送客亭에서 작별하게 되었다. 남명이 밤머리재를 넘어야 하는 제자의 뒷모습을 바라보고 서 있으면, 덕계는 자주 뒤를 돌아보면서 가다가 면상촌面上村에 이르러서는 서로 모습이 보이지 않아 그 때부터 덕계가 얼굴[面]을 위쪽[上]으로 하여 돌아보며 걸어갔다고 하여 생긴 마을 이름이다. 면상은 지금 명상明上으로 고쳐 부른다.

③ 회남재 : 남명이 만년에 은거할 곳을 찾아 청학동을 거쳐 하동 악양 쪽을 둘러보았으나 적당한 곳이 없었다.

그리하여 남명이 재를 넘어 덕산 쪽으로 다시 돌아왔는데, 그 재를 남명이 돌아왔다고 하여 '회남回南재' 라고 한다.

♧

남명에게서 유래한 지명은 많다. 앞서 우리가 살핀 '솟을령' 역시 남명이 삼가에서 덕산으로 이사를 가면서 솥을 걸리며 넘던 고개에서 유래한 것이라 한다. 이 밖에 아들 차산을 묻어서 그렇게 되었다는 김해의 '조차산', 남명이 바위에 지팡이를 세우고 쉬었다는 산청군 신안新安의 '식장암植杖巖', 남명이 덕계의 집으로

오건을 모신 서계서원의 덕천재

오는 것이 마치 봄이 오는 것같이 기뻐서 붙여졌다는 산청군 금서今西의 '춘래대春來臺' 등이 그것이다. 위에서 든 것은 덕계와 관련된 것 두 가지와 남명이 만년 은거지로 덕산을 찾을 때의 것 한 가지이다.

①과 ②는 『산청지명고』[산청문화원, 1996] 등에 두루 보인다. 우리는 여기서 스승 남명과 제자 덕계의 정을 충분히 알 수 있게 된다. 덕계가 산음山陰[지금의 산청]에서 남명을 찾아온 것은 31세 되던 해인 1551년이었다. 당시 남명은 무척 조심스럽게 덕계를 대접하면서 『대학』, 『중용』, 『심경』, 『근사록』 등을 읽게 했는데 그 강론과 발명한 것이 절실했다고 한다. 이로부터 왕래하면서 남명을 곁에 모시고 스승의 덕을 경험하는 한편, 의심이 있는 곳은 질문하여 빠뜨리지 않았다. 이 때문에 남명이 타계하자 덕계는 '학문하는 방도와 시무時務를 판별하는 뜻으로서 귀를 잡아 게으를까 경계하고 이끌어 도와주심이 지극하셨네' 라고 할 수 있었을 것이다. 덕계와 남명의 학문적 밀착도와 그 인간적 정서는 그의 일기 『역년일기』에 잘 보인다.

> 7월에 성산으로부터 집에 돌아오니 선생께서 백족에게 글을 붙여 삼장사三藏寺에 오라 하셨다. 분부를 듣고 바로 갔더니 선생께서 오신 지 이미 수일이나 되었다. 혼미하고 게을러 깨우침을 받기에 부족한 줄 훤히 알았지만 공경히 가르침을 받들어 느끼어 발하는 것이 실로 많았

다. 오직 한이 되는 것은 문하에 들어온 지 십 년 동안 직접 배운 날은 적고 집에 물러와 있는 날은 많아서, 열흘 춥다가 하루 볕 쪼이는 정도뿐이 아니었다.

아침을 드시고는 선생께서 덕산으로 돌아가셨다. 다리 근처까지 가서 송별하면서 전별주 석 잔을 마셨다. 마치 연인을 이별하듯 우두커니 서서 눈물을 흘렸다. 선생께서도 내가 머뭇머뭇하는 걸 보시고 말에서 내려 돌아보셨는데, 말로는 다 표현할 수 없는 생각이 있으신 듯하였다.

남명은 덕계 등 여러 제자들과 인근에 있는 삼장사나 지곡사 등 여러 사찰을 무대로 하여 강학활동을 편다. 위의 자료는 덕계의 『역년일기』에 보이는 이와 관련된 내용이다. 특히 두 번째 자료는 덕계가 남명과 산음에 있는 지곡사智谷寺 등지에서 며칠간 같이 지내다가 헤어진 뒤에 기록한 것인데, 사제간의 인간적 정이 애틋하다.

웅석산 '지곡사' 표석

덕계는 남명 문하에 들어가기 전 여러 가지 시련이 그에게 닥쳐오기는 하였으나 학문을 게을리 하지 않았다. 그가 처음 문자를 배우기 시작한 것은 6세에 아버지로부터였다. 9세에는 『대학』과 『논어』를 읽기 시작하였으며, 14세에는 특히 『중용』을 1,000여 번이나 읽어 처음부터 끝까지 그 의미를 명확히 하였고, 『주역』을 외삼촌 도량필都良弼에게서 받아 공부하였다. 18세에는 인근의 지척산尺旨山 정수암淨水庵에 가서 전후 10여 년간 여러 경전經典과 자사子史를 정밀하게 공부하였다. 덕계는 이같이 『중용』을 중심으로 여러 책을 섭렵하여 독학으로 일가견을 이룬 다음, 당시 삼가의 뇌룡사雷龍舍에서 강학을 열고 있었던 남명을 찾아가서 배우게 되는데 홍기되는 바가 많았다고 한다. 이후 남명이 덕산의 산천재로 옮겨가자 다시 산천재로 찾아가 여러 차례 스승을 만난다.

셋째 이야기(③)에서는 남명이 지리산의 여러 곳을 찾아다니다가 마침내 덕산을 찾은 저간의 사정을 알게 한다. 남명은 지리산을 여러 번 답사한다. '내 일찍이 이 두류산을 덕산동德山洞으로 들어 간 것이 세 번이었고, 청학동青鶴洞과 신응동神凝洞으로 들어 간 것이 세 번이었고, 용유동龍遊洞으로 들어 간 것이 세 번이었으며, 백운동白雲洞으로 들어 간 것이 한 번이었으며, 장항동獐項洞으로 들어 간 것이 한 번이었다' 라는 기록은 이를 방증하기에 족하다. 이렇게 여러 번 지리산을 오른 것은 나름대로 까닭이 있었다. 첫째는 심성을 수양하고 기개를 기르기 위한 것이었다. 두 번째는 자연 속에서 인간을 파악하기 위해서였고, 세 번째는 자신이 만년을 보낼 곳을 찾기 위해서였다. 남명의 다음 언급에서 이를 이해 할 수 있다.

(가) 다만 한스러운 것은 우리가 수행修行을 통해 기른 힘이 없어 능히 한 늙은 벗을 보호해서 함께 지기석支機石 위에 앉아 창자에 가득한 티끌과 흙을 토해 내고 금화산金華山의 무한한 정기精氣를 빨아 들여 늘그막의 절반 양식으로 하지 못했다는 점이다.

(나) 산수山水를 구경하다가 다시 인간 세상을 보게 되니, 산중에서 열흘을 지내면서 마음 속에 품었던 좋은 생각이 하루만에 불쾌한 생각으로 변하고 말았다.

(다) 어찌 산수만을 탐하여 왕래하기를 번거로워 하지 않은 것이겠는가? 나름의 평생 계획으로 오직 화산華山의 한 쪽 모퉁이를 빌어 그 곳을 일생을 마칠 장소로 삼으려 함이었다.

위의 글은 모두 남명의 『유두류록』에서 발췌한 것이다. (가)에서는 마음 속에 묻어 있는 티끌을 토해내고 맑은 정기를 마시고자 했고, (나)에서는 산수 속에서도 끝없이 인간세계를 살피고자 했고, (다)에서는 화산의 한 쪽을 빌어 일생을 마치고자 했다. 이는 남명의 지리산 등정 의도가 수양하고 기개를 기르기 위해서, 자연 속에서 인간을 이해하기 위해서, 만년 안식처를 찾기 위해서 였다는 것을 알 수 있다. 특히 위에서 본 '회남재' 는 남명의 지리산 등정의 귀착지를 보여주는 것이니 (다)와 밀착되어 있다. 신선이 산다는 청학동을 버리고, 다시 인간세상으로 내려와 상제와 가까이 있는 천왕봉을 보고자 했던 남명, 이 때문에 그의 시 「청학동」은 더욱 큰 의미로 우리 가슴에 젖어든다.

한 마리 학은 구름으로 솟구쳐 하늘로 올라갔고,	獨鶴穿雲歸上界
구슬처럼 흐르는 한 가닥 시내는 인간 세상으로 흐르네.	一溪流玉走人間
누 없는 것이 도리어 누가 된다는 것을 알고서,	從知無累翻爲累
산하를 마음으로 느끼고는 보지 않았다고 말하네.	心地山河語不看

이 작품에서 남명은 하늘과 현실의 매개자로 청학동을 제시하고 초월 공간인 이곳을 들어 오히려 세속적 현실 세계를 강조하고 있다. 즉 역설적 구도를 형성시킨다는 것이다. 1구에서는 청학동에서 학이 하늘로 올라갔다고 했고, 2구에서는 청학동에서 구슬 같은 한 가닥 시냇물이 인간 세상으로 흐른다고 했다. 청학동은 학을 통해 하늘과 연결되고 물을 통해 인간세상과 이어진다는 것을 인식한 것이다. 여기서 남명이 하늘과 연결되는 '학' 을 중시하는가, 인간 세상으로 이어지는 '물' 을 중시하는가가 문제이다. 이 역설의 공간

에서 남명은 고민한다. 그리고 후자를 선택했다. 이는 남명이 일찍이 세상에서 살아가자면 얽매임이 없을 수 없다(〈讀書神凝寺〉)고 한 생각과 근본적으로 일치하는 논리이다. 3구에서는 '무루無累'를 '위루爲累'라고 하였으니 역설의 표현미도 살렸다. 결국 4구에서 '산하'라고 하는 초월적 경계를 마음 속으로만 느끼고 타개해야 할 현실세계로 돌아가고자 했다. 그리고 그의 정신적 지주라 할 수 있는 천왕봉을 때때로 보고자 했던 것이다.

청학동 불일폭포

4. 사람들 속으로

1) 제갈량(諸葛亮, 181~234)

① 남명 선생께서 일찍이 말하셨다.

"제갈공명은 소열昭烈의 삼고초려로 나왔으나, 행할 수 없는 시기에 행하려고 하다가 작게 쓰여진 아쉬움이 있다. 만약 끝내 소열을 위하여 일어나지 않고, 차라리 융중에서 일생을 마쳐 천하의 후세사람들이 무후의 사업을 알지 못하게 했더라도 또한 괜찮았을

무후사의 제갈공명상

것이다.”

옛 사람에 대하여 말씀하실 때 이전의 말에 구속받지 않고 다시 일단의 새로운 뜻을 구하심이 종종 이와 같았다.

—정인홍의 「남명선생행장」에서

② 임금이 말했다.

“옛날에 초려草廬에 있으면서 세 번이나 찾아가게 한 신하가 있었는데, 그 때는 어떠했기에 한 번 불렀을 때 오지 않고 세 번이나 찾아간 다음에야 왔는가?”

조식이 아뢰었다.

“이것은 소열昭烈의 일입니다. 당시는 시끄럽고 혼란했었으므로 반드시 영웅을 얻어 함께 일을 하여야만 꾀하는 바를 성취할 수 있었기 때문에 세 번이나 찾아가기에 이른 것입니다. 제갈량諸葛亮은 영웅입니다. 일을 헤아리는 것 역시 어찌 범연하였겠습니까만, 한 번 불렀을 때 나아가지 않은 것은 반드시 당시의 형편이 그럴만 했을 것입니다. 그러나 유비와 함께 거의 30여 년에 가까운 장구한 세월 동안 부흥을 도모하였지만 천하를 회복할 수 없었으니, 그가 나온 것에 대해서는 알 수가 없습니다.”

김범이 아뢰었다.

“당시는 매우 시끄럽고 혼란하였으므로 반드시 현재賢才를 얻어야 함께 큰 일을 할 수 있었기 때문에 소

삼고초려도

열이 세 번이나 찾아가기에 이른 것입니다. 공명孔明 역시 감당해 낼 수 없을까 두려워했기 때문에 세 번 찾은 다음에야 일어났을 것입니다. 그러나 자세히는 알 수가 없습니다."

조식이 아뢰었다.

"소신은 헛된 이름만을 훔쳐 임금을 기망할 수 없었기 때문에 빨리 나올 수가 없었습니다."

김범이 아뢰었다.

"옛사람은 징소徵召하여도 나가지 않은 이가 있었는데 그 뜻을 알 수가 없습니다. 신이 생각하건대 역시 민망한 일이 있기 때문에 그러했을 것으로 여겨집니다."

—『조선왕조실록』 명종21년 10월 7일조에서

2) 정몽주(鄭夢周, 1337~1392)

① 남명 선생이 일찍이 포은의 출처에 대하여 논하였다.

"우왕과 창왕이 신씨인지 왕씨인지는 변설辨說할 필요도 없다. 그 때는 신돈이 조정을 더럽히고 어지럽히며, 최영崔瑩이 상국을 침범하는 등 군자가 출사할 때가 아닌데도 여전히 조정에서 떠나지 않았으니, 이는 매우 의심할만하다."

—『남명집』「언행총록」에서

② 한강 정구가 물었다.

"조남명이 일찍이 정포은의 출처에 대하여 의심한 적이 있습니다. 저의 생각에도 정포은의 한 죽음은 가소로운 데가 있는 것 같습니다. 공민왕조에 대신 노릇을 30년이나 하였으니 '불가하면 벼슬을 그만둔다'는 도리에 부끄러운 것이라 하겠습니다. 또한 신우辛禑의 부자父子를 섬겼으면서도, 다른 날 우왕과 창왕을 추방하는데 참여한 것은 어찌된 일입니까? 10년을 신하로서 섬기다가 하루 아침에 추방하고 죽였으니 어찌 옳은 일이라 할 수 있겠습니까? 만약 왕씨 소생이 아니었다면 신우가 즉위한 순간부터 고려는 이미 망한 것입니다. 그럼에도 불구하고 포은은 오히려 신우 밑에서 아무 일 없이 지냈으며, 또 그 녹까지 먹은 다음에 죽임을 당했으니 참으로 이해하지 못할 일입니다."

포은 정몽주(1337~1392)

퇴계가 대답했다. "정자 말씀에

'사람은 마땅히 허물이 있는 가운데서 허물이 없기를 구하여야 하고, 허물이 없는 가운데서 허물이 있기를 구해서는 안 된다' 고 하였습니다. 포은의 정충대절精忠大節은 천지의 경위가 되고 우주의 동량이 된다고 할 수 있습니다. 그런데 세상에는 의논을 좋아하고 남 공박하기를 좋아하는 사람들은 남의 미덕을 이루어 주는 것을 즐겨하지 않고 겁내고 꺼려하기를 말지 않습니다. 나는 매양 귀를 막고 듣지 않으려 하는데, 그대마저 이러한 잘못된 생각을 하고 있는지 알지 못했습니다."

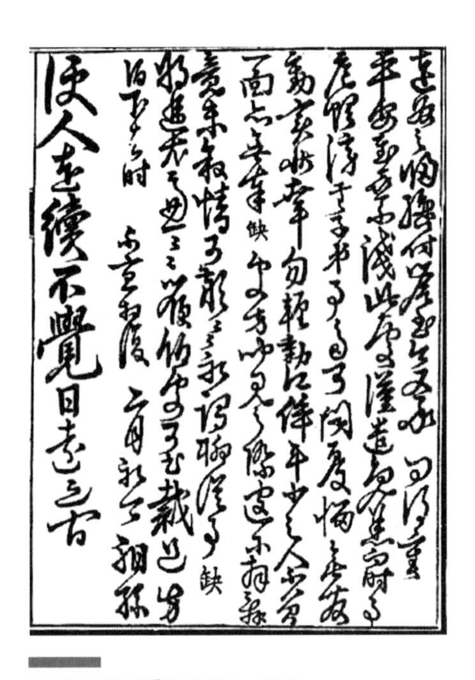

김대유 필적(『명가필보』에서)

—『퇴계집』「답정도가구문목」에서

목은 이색(1328~1396)

③ 목은은

"마땅히 전왕의 아들을 세워야 한다."

하여 이때에 창을 세웠다.

……

조남명은

"정포은의 죽음은 가소롭다."

하였는데 퇴계도 역시 치당致堂의 이론을 인용하여 포은의 출처를 의심스럽게 여겼다. 그러나 퇴계는 한강의 물음에 답하기를,

"세속 말은 귀를 가리고 듣지 않으려 한다."

하였으니, 이 말이 정론일 것이다. 목은이 한 때의 미봉책으로 한 말이 문득 사가史家의 이야깃거리가 되었으니 개탄할 만하다.

—이익의 『성호사설』에서

3) 김대유(金大有, 1479~1551)

김식金湜(1482~1520)이 체포될 무렵 변장하고 삼족당 김대유의 집을 찾아가서 미친한 자의 모습으로 문밖에서 절했다. 대유는 식인 줄 알았으나 맞아들이지 않고 하인을 시켜 말했다.

"자네가 어찌 이같이 구차한 짓을 하여 남에게까지 누를 끼치려 하는가?"

남명이 일찍이 이 일에 대하여 논평했다.

"천우天祐[김대유의 자]의 처사는 의롭기는 하나 인정으로 볼 땐 차마 할 수 없는 일이다."

내가 생각건대 삼족당은 노천老泉[김식의 자]을 보자 손을 잡고 비통한 표정으로 그를 위로하고 다시 그의 취할 도리를 분명히 일러주어 자신이 알아서 하도록 했더라면 이치와 인정이 병행되었을 것이다. 남명의

말도 아마 이런 뜻에서 나온 것인 줄로 안다.

—이긍익의 『연려실기술』에서

4) 이언적(李彦迪, 1491~1553)

① 나는 일찍이 복고復古[이언적의 자]가 성현의 도를 배웠으면서도 알아서 깨닫는 치지致知에 대해서는 소견이 분명치 못함을 안타깝게 여기고 있었다. 당시에는 대윤大尹·소윤小尹의 싸움이 곧 일어날 듯하여 나라의 형편이 위태롭기 그지없다는 사실을 어리석은 아낙도 알고 있었다. 그런데도 복고는 낮은 관직에 있을 때 일찍 물러나지 않고 있다가 중망重望을 입어 그만둘 수 없는 지경에 이르러 낯선 땅에 유배되어 죽고

옥산서원

말았으니, 이는 명철보신明哲保身의 식견에는 모자람이 있었던 듯하다.

—『남명집』「해관서문답」에서

② 회재 이언적이 경상도에 안찰사로 왔다가 글로써 남명에게 보기를 청했다. 남명이 답서를 보냈는데 대략 이러하다.

> "혼자 생각건대 옛사람이 네 조정에 나아가 내리 벼슬하였으나, 조정에 있었던 것은 겨우 40일이었습니다. 저는 상공께서 벼슬을 그만두고 전리田里에 돌아올 날도 멀지 않을 것이라 알고 있습니다. 그 때에 각건角巾을 쓰고 안강리安康里에 있는 집으로 찾아가도 오히려 늦지 않을 것입니다."

—『남명집』「편년」에서

③ 회재 선생이 정을 통하였던 경주 기생이 임신한 지 두어 달 만에 선생이 서울로 가게 되었다. 그 뒤 병마절도사 조윤손曺潤孫이 그 기생을 차지하였다. 기생이 해산하자 조윤손이 자기 아들이라 하여 몹시 사랑하고 이름을 '옥강玉剛'이라 하였으나, 일문이 모두 그가 이씨의 아들인 줄 알았다. 조공이 죽은 뒤, 배다른 형제들이 배척하여 여막에 거처하면서도 그 방을 따로 정해 주었다. 임금의 소명을 받았던 남명 조징군曺

徵君은 조씨 문중의 어른이었다. 신주를 쓰면서 옥강의 이름을 쓰지 않은 것은 조징군의 명령이었다. 옥강이 울며 그 이유를 자기 어머니에게 물으니 그 어머니가 사실대로 알려 주었다.

당시 회재 선생은 강계에 귀양 가 있었는데, 옥강이 적소에 달려가니 선생이 허락하였고, 이름을 전인全仁으로 고쳐주었다. 그는 조공을 위하여 심상 3년을 하였다. 그 사실이 대개 이와 같았다. 어야족魚也足은 어디서 들었는지 모르지만, 나는 조징군의 가까운 친척에게 들었다.

—권응인의 『송계만록』에서

5) 임억령(林億齡, 1496~1568)

남명이 김해 산해정에 계실 때 석천 임억령이 뵙고 길이 매우 험하더라는 말씀을 드리니, 남명이 웃으시며 말했다.

"당신들이 밟고 있는 벼슬길이 아마 이보다 더 험할 것이오."

—『남명집』「언행총록」에서

6) 성운(成運, 1497~1579)

조식이 말했다.

"공이 몸 닦기를 옥과 같이 하여 사람이 무어라 말할 수 없다"

이황이 매양 칭찬했다.

"건숙健叔[성운의 자]의 맑게 숨은 풍치는 사람으로 하여금 존경하는 마음을 일으키게 한다."

공이 조식과 가장 친한 친구가 되었으니 조식은 드높고 뛰어났는데, 공은 순박하고 진실하며 화평함으로 조절하였다.

식이 '건숙은 순수한 금金과 아름다운 옥玉 같아서 내가 따르지 못한다' 고 하였다.

공은 나면서 아름다운 자질이 있고 일찍이 세속의 그물을 벗어났다. 그 형 우禹가 을사사화에 비명에 죽으니, 이로부터 더욱 세상에 뜻이 없고 속리산에 은거

충북 보은 소재 성운의 비갈

하였다. 시가 그 인품과 같아서 한가롭고 아담하여 서호처사(임포의 호)의 운치가 있었다. 그 시의 아름다운 구절은 이러하다.

봄옷은 몸에 맞추어 두 소매가 짧고,	春服稱身雙袖短
옛 거문고가 손에 편하니 일곱 줄이 길구나.	古琴稱手七絃長
십 년 동안 산중의 약을 다 맛보았으니,	十年嘗盡山中藥
손이 오면 때로 입에서 향기가 날 것이네.	客到時聞口齒香

조식을 송별하는 시는 이러하였다.

기러기는 홀로 바다 남쪽으로 날아가는데,	冥鴻獨向海南飛
정히 가을바람에 나뭇잎 떨어지는 때였네.	正値秋風木落時
땅에 가득한 낟알을 닭과 오리가 쪼는데,	滿地稻粱鷄鶩啄
푸른 구름 하늘가에 스스로 기심을 잊었네.	碧雲天末自忘機

—이긍익의 『연려실기술』에서

7) 이준경(李浚慶, 1499~1572)

① 정승인 동고 이준경은 기국이 준정하여 남에게 기뻐하는 말씨와 안색을 잘 보여 주지 않았다. 젊어서 징사 남명 조식과 벗이 되었다. 그 뒤에 동고는 조정의 현관이 되었으나 남명은 벼슬하지 않고 지리산에 살고 있으며, 매우 높은 명망이 있어서 온 세상이 흠모하였다.

그가 일찍이 상서원 판관으로 불리어 서울로 오니 사대부들이 문에 가득 찼다. 그러나 동고는 가보지 아니하였다.

하루는 남명이 스스로 동고의 집에 가서 문간에 꽤 오래 서 있으니, 동고가 안으로부터 큰 신을 끌며 천천히 나왔다. 자리를 잡고 앉아서 대략 평생의 정의를 말한 뒤에는 다른 말이 없었다.

남명이 말했다.

"근간에 사직하고 돌아가려 하네."

동고가 웃으며 소리를 높여 말했다.

이준경의 묘

"상서 판관도 좋은데 어째서 봉직하지 않으려는가? 그렇다면 지평持平이나 장령掌令이 하고 싶은가?"

남명이 매우 불쾌하게 생각하고 돌아갔다.

이로부터 동고는 선비들에게 비방을 많이 받게 되었다. 동고는 매양 사람들에게 말했다.

"조식은 도량이 좁다. 그 사람의 적임을 논한다면 참봉이 알맞을 것이다."

대개 남명을 가볍게 여긴 말이었다.

—유성룡의 『운암잡록』에서

② 이준경은 정승이 되었을 때 엄하게 체모를 지켰다. 비록 선을 좋아하고 선비를 장려하기에 급하였으나 일찍이 비굴하게 체모를 상하게 하는 일은 하지 않았다. 징사 조식이 조정에 들어올 때에도 다만 친구의 정의로 문자를 상통할 뿐이었다. 징사가 고향으로 돌아갈 때에 일부러 찾아가 고별하면서 말하기를,

"공은 어찌 정승의 지위로 높은 체하여 끝내 친히 한 번도 찾아주지 않는가?"

하니 이원길이 대답하기를,

"조가朝家의 체모라는 것이 있어서 내가 감히 손상시킬 수 없네."

라고 하여, 서로 한바탕 웃고 헤어졌다.

—윤두수의 『오음잡설』에서

③ 남명 조선생은 정승인 동고 이준경과 젊어서부터 친분이 있었는데, 동고는 등용되고 남명은 지리산에 숨어 있었다.

뒤에 상서원 판관으로 발탁되어 서울에 왔다가 다시 지리산으로 돌아가려고 할 때 동고가 찾아오지 않자 남명이 동고를 찾아가니, 한 동안 지체하다가 내실로부터 큼직한 신을 끌고 나와 인사를 나눈 후에 다른 말은 없고 다만,

"상서원 판관도 괜찮은 벼슬인데 왜 마다하는가? 반드시 지평持平이나 장령掌令을 주어야만 만족하겠는가?"

하였다. 남명이 매우 언짢게 여기고 돌아갔는데 동고가 다른 사람에게 말하기를

"남명은 도량이 너무 좁다."

고 하였다.

남들의 말에는,

"이상국이 장차 그 도량을 시험하여 천거하려 했다."

고 하는데, 이는 아마 그렇지 않을 것이다. 부귀한 자리에 있는 자는 도를 즐겨하고 권세를 잊어버려 오직 선비가 가까이 오지 않는 것을 두려워해야 하거늘, 하물며 높다고 자처하여 천하의 선비를 시험할 수 있겠는가?

무릇 거만한 태도로 사람을 시험하여 그 마음을 농

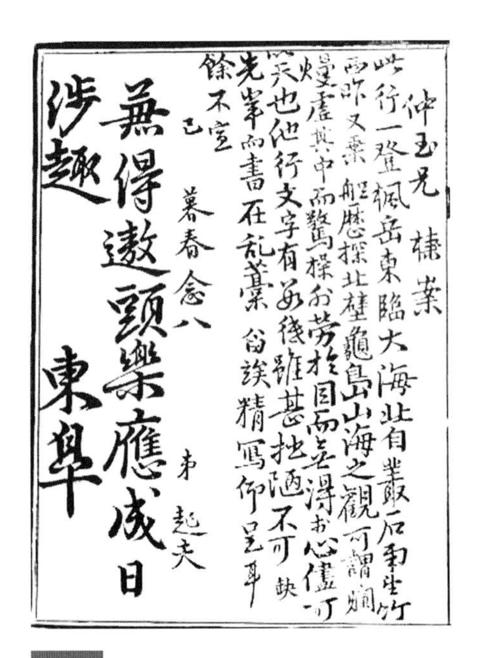

이준경의 필적(『명가필보』에서)

락한다면, 무식한 백정이나 협객 따위를 포섭하는 술책이니, 한 고조가 역이기酈食其와 영포英布에게 썼던 수단이 바로 이것이다. 상산의 채지옹採芝翁들도 오히려 거만으로 굴복시키지 못하였거늘, 하물며 도를 간직하고 의를 품은 선비이겠는가?

가령 남명이 넓은 도량을 갖고 있어 언짢아하는 빛을 안색에 나타내지 않았다 하더라도 선비를 천히 여기고 예의를 무시하는 조정에는 반드시 나서지 않았을 것이다.

옛날 성군 세대에는 산림의 어진 이를 초빙할 때 수레와 폐백을 갖춰 세 번씩이나 번거로이 찾아갔고, 하찮은 관직으로 불렀다는 말과 재상이 문득 존귀함으로써 자처했다는 말을 듣지 못했다. 조정에는 맹헌자孟獻子가 자기 친구를 예우하듯이 하던 예는 볼 수 없고, 겨우 5두미의 녹봉으로 도를 즐겨 하는 어진 이를 부리려 함은 어려운 일이다.

그러나 동고의 이 행동은 그만한 이유가 있었다. 남명이 먼저 찾아 간 것이 벌써 스스로 무겁게 하는 뜻을 잃은 것이다. 대부가 먼저 찾아오지 않았는데 선비가 대부의 문을 찾아갔다는 말은 듣지 못했으니, 나는 조선생에 대해 유감이 없지 않은 바이다.

—이익의 『성호사설』에서

8) 신계성(申季誠, 1499~1562)

① 본관은 평산으로 자는 자함子諴이며 호는 송계松溪이다. 밀양에 살면서 벼슬하지 않고 학문에 힘써 소견이 많았다. 남명 조식이 자기를 아는 친구라고 인정하며 묘에 비문을 지어 슬픔을 표하였다.

—권별의 『해동잡록』에서

② 송계 신계성이 일찍이 서울에 들어갈 때 곧 약값 빚진 것을 부치며 편지를 주면서 말했다.

"처음에는 이준경에게 관에 있는 약을 얻으려 하였지만 다시 생각하니 일신의 병통이 세상과 무슨 상관이 있기에 남에게 관약官藥 구해 주기를 빌겠는가? 진실로 감히 취할 바가 아니다."

—『남명집』「언행총록」에서

9) 곽순(郭珣, 1502~1545)

남명이 말했다.

"곽순은 벼슬을 즐기지 아니하고, 어진 사람을 좋아하여 착한 일을 즐겨 하였으니, 만일 때를 만났더라면 반드시 사업이 있었을 것이다."

이연경이 말했다.

"곽백유郭伯瑜[곽순의 자]는 곧기가 화살 같았다."

—이긍익의 『연려실기술』에서

10) 이림(李霖, ?~1546)

남명이 일찍이 말했다.

"나의 친구 이중망李仲望[이림의 자]은 효성 있고 공경스러운 사람이다. 그의 속은 얼음을 담은 옥병이요, 그의 외모는 옥빛이다. 입으로는 일찍이 남을 비난하거나 경망하고 성급한 말을 한 적이 없었고, 마음으로는 남에게 거슬리거나 음해하는 생각조차 가지지 않았다. 옛글을 좋아하고 친구들 간에는 환심을 사서 그를 바라보면 화가 나거나 분이 나다가도 풀어지니, 참으로 충성스럽고 신실한 사람이었다."

황강정의 여러 현판들

남명은 이림의 말을 할 적마다 반드시 흐느꼈다고 하니 그의 인품을 알만하다.

—이긍익의 『연려실기술』에서

11) 이희안(李希顔, 1504~1559)

황강黃江 이희안과 남명南冥은 절친한 관계였다. 그래서 황강이 세상을 떠났을 때 남명이 직접 상여줄을 잡았다. 그리고 황강이 고령에서 현감 벼슬을 하고 있을 때 남명이 그곳을 지나가면서 부채로 얼굴을 가리고 지나갔다고 한다. 이 이야기를 듣고 황강은 현감 벼슬을 그만두고 돌아왔다. 황강이 벼슬을 그만두고 고향으로 돌아오자 남명은 다음과 같은 풍자시를 지었다.

산해정에서 몇 번의 꿈을 꾸었던고?	山海亭中夢幾回
황강노인의 빰에 흰 눈이 가득하네.	黃江老叟雪盈腮
반평생 동안 대궐문에 세 번이나 이르렀지만,	半生金馬門三到
군왕은 한 번도 뵙지 못하고 돌아왔다네.	不見君王面目來

—경남 고령군 쌍책면에서 채록

12)이제신(李濟臣, 1510~1582)

① 공은 바둑 두기를 좋아했다. 남명이 말려 꾸짖으니 공은 시를 지어 변명하였다.

바둑 두는 입에는 사람을 논평하는 말이 없고,	著碁口絶論人語
과녁 쏘는 마음에는 나를 반성하는 생각이 있네.	射革心存反己思

일찍이 한 달 남짓 곁에 모시고 수렴이 매우 극진하니, 남명이 말했다.

"남은 말하기를 언우彦遇[이제신의 자]가 농지거리를 잘 한다 하더니 나는 언우가 수렴하는 것을 보겠구나."

그러자 이제신이 이렇게 대답했다.

"덕 향기를 쏘인 날이 오래되어 저도 모르게 이렇게 되었습니다."

—『남명집』「편년」에서

② 도구 이제신은 사람됨이 뜻이 크고 기개가 있어 남에게 구속받지 않았다. 만년에 남명을 따라 덕천에 들어가 살았다. 그가 지은 시에,

바위 아래 맑은 샘은 새로 내린 빗물이고,	巖下淸泉新雨水
돌 사이 시든 대나무는 늙은 중이 심은 것이네.	石間枯竹老僧栽
바둑 둘 땐 남 이야기하지 않고,	著碁口絶論人語
활 쏠 때는 자신을 반성하는 생각이 있네.	射革心存反己思

라는 구절이 있는데, 모두 남명이 격찬하였다.

일찍이 진주목사 양응정梁應鼎과 함께 촉석루에 올라 절구 한 수를 읊조렸는데,

방장산의 도구노인이,	方丈陶丘老

촉석루 현판

촉석루에 올라와, 來登矗石樓
갠 날 달빛 속에서 시 읊조리고, 天晴吟裸月
넓은 강 가을 곁에서 술 마시네. 江闊飮邊秋

라고 하였다. 양공이 일어나면서,

"맑고 탁 트인 기세 있는 격조에 내가 미칠 수 없구나."

라고 하면서 붓을 놓았다.

—하겸진의 『동시화』에서

13) 임운(林芸, 1517~1572)

남명이 하각재河覺齋, 조대소헌趙大笑軒, 하영무성河寧無成, 류조계柳潮溪, 이모촌李茅村과 함께 옥계玉溪[노진의 호]를 함양으로 찾았다. 옥계가 강개암姜介庵에게 부탁하여 내일 함께 안음에 가서 갈천葛川[임훈의 호]을 찾고자 하였더니, 갈천이 그 아우 첨모당 운을 보내 길 가운데서 맞이했다. 도착하자 인근의 여러 문생이 와서 배알하고 가르침을 청했다. 남명이 간곡히 지도하여 게으르지 않았다. 이로 인하여 첨모당을 불러 말했다.

"자네는 총명이 남보다 지나쳐서, 통하지 못하는 바가 없고자 하지만 다만 이렇게 하는 것이 도리어 옳지 못하다네. 대저 요임금의 지혜로도 오히려 먼저 힘써야 하는 것을 급하게 여겼다네. 군자는 능한 것이 많다 해서 사람을 거느릴 수 있는 것은 아니라네. 우리 선비의 일이란 스스로 내외 경중의 분별이 있으니 주선생께서도 일찍이 '의리는 다함이 없고 세월은 한정이 있다' 하시고 드디어 서예書藝·초사楚辭·병법兵法같은 것을 버리고 온전히 이 학문에만 뜻을 두어 모든 선유의 학설을 모아 대성하기에 이르렀으니, 어찌 후학으로서 마땅히 본받을 바가 아니겠는가?"

임운의 효자비

이날 밤 여러 현인들과 함께 심心·성性·정情의 분별에 대해서 강론하였다.

—『남명집』「편년」에서

14) 정탁(鄭琢, 1526~1605)

① 신유년에 정탁이 남명선생을 뵙고 수학하였는데 깊은 인정을 받았다. 돌아갈 적에 선생이 소 한 마리를 준다 하시며 타고 가게 하였다. 공이 그 뜻을 깨닫지 못하였다. 그러자 남명이,

"그대는 말이 너무 급하니, 천천히 말함으로써 앞날을 기약하는 것만 못할 것이다."
고 하였다.

—『덕천사우연원록』
「정탁」조에서

② 약포상공藥圃相公이 말했다.

"젊었을 때에 남명선생을 뵈었는데 작별에 임하여 남명이 홀연히 '내 집에 소 한 마리가 있는데 자네가 끌고 가게' 라고 말씀하셨다.

내가 무슨 말씀을 하시는 줄을 몰랐더니, 선생이 웃으며 말씀하셨다.

'자네의 언어와 의기가 너무 민첩하고 날카로우니 날랜 말이 넘어지기 쉬운지라 더디고 둔한 것을 참작하여야 비로소 능히 멀리 갈 수 있을 것이므로 내가 소를 준다고 하였네.'

약포 정탁(1526~1605)

그 후 수십 년을 다행히 큰 허물없이 지냈음은 이는 선생이 준 것이다."

—이긍익의 『연려실기술』에서

15) 최영경(崔永慶, 1529~1590)

① 최영경은, 자는 효원孝元이며, 호는 수우守愚요, 본관은 화순和順이다. 기축년에 나서 벼슬이 지평 사축司畜에 이르렀다. 남명 조식의 문인이다.

공의 기상은 천길 높이의 바위벽 같고 가을 서리와 매운 햇살 같았다. 흉금이 쇄락하여 옥으로 만든 병이나 얼음과 달 같았다. 바라보면 신선 같아서 그 기상과 풍절은 조남명과 서로 견줄 만 하였다.

—편자 미상의 『괘일록』에서

진주의 수우당 신도비

② 어떤 사람이 최영경이 앉아 있는 자리에서 기대승과 친했던 사람을 보고 말했다.

"유학이 불행하여 그 사람이 문득 죽었다."

이에 영경이 노해서 낯빛을 붉히며 말했다.

"명언明彦[기대승의 자]은 재주와 학문은 조금 있으나 병통이 심하여 을사년 때의 간흉들을 공이 있다 하고, 남명이 조정을 시끄럽게 할 것이라 하였다. 그런 편견을 가지고서 만일 일을 하였다면 반드시 정치에 해가 되었을 것이니, 이 사람의 죽음이 어찌 유학의 불행이 될 수 있으랴!"

영경의 말이 비록 과하나 식자識者가 혹 전혀 그르다고는 하지 않았다.

—이이의 『석담일기』에서

③ 일찍이 양홍수梁弘澍가 조식을 이황보다 더 높였더니, 성혼成渾이 말했다.

"퇴계는 학문이 깊으니 아마 남명은 그와 같지 못할 것이다."

최영경이 그 말을 듣고 분개하고 탄식하며 신응구申應榘를 보고 성혼의 그 말이 틀렸다고 수백 번이나 힘주어 말하였다.

—성혼의 『우계일기』에서

④ 최영경과 성혼이 서로 틈이 생긴 것은 정축년에 성혼이 남명을 논한 때부터 비롯하였다. 심의겸은 을해년에 그의 누님인 대비 심씨가 돌아간 뒤에는 세력을 잃었다.

—이긍익의 『연려실기술』에서

16) 김천일(金千鎰, 1537~1593)

이준민이 모친을 받들고 나주목사가 되었을 때, 남명이 가서 살피고 돌아와 문인들에게 말했다.

"고을에 김천일이라는 사람이 있는데, 매우 명성이 있었다. 그러나 매양 붉은 옷을 입고 수령을 찾아보는 것을 보니 학자의 모습 같지는 않았다. 관문을 출입하여 관인 만나보는 것을 중요하게 생각하니, 이는 선비의 버릇이 아니다. 제군은 절대로 이런 짓을 하지 말도록 하라."

—『남명집』「언행총록」에서

17) 김우옹(金宇顒, 1540~1603)

① 사람됨이 맑고 티가 없어 얼음 담은 옥병과 같고 가을 달 같았다. 조식이 항상 말했다.

"너는 밝은 밤에 한 마리의 새도 잡지 않는 두견새와 같다."

또 말했다.

"꽃밭이 봄 이슬에 젖어 있는데 대나무 빗자루를 들고 그 앞에 서 있는 자, 이것이 네게 알맞은 직책이다."

—편자미상의 『괘일록』에서

② 임금이 시신侍臣에게 물었다.

"조식이나 이황의 제자도 조정에 있는 사람이 있

느냐?"

부제학 류희춘柳希春이 아뢰었다.

"이황의 제자로 조정에 있는 사람은 정유일鄭惟一·정탁鄭琢·김취려金就礪입니다."

김우옹이 아뢰었다.

"조식은 스스로 사도師道로 자처하지 아니하였으나 그 왕래하던 사람은 오건吳建·최영경崔永慶·정인홍鄭仁弘 등입니다. 소신도 역시 그 문하에 다녔나이다."

임금이 말했다.

"조식이 너를 가르친 것은 어떤 것이며 네가 한 것은 무슨 공부냐?"

우옹이 대답했다.

"신은 진실로 공부에 힘쓰지 못하였으나, 조식이 가르친 바는 방일放逸한 마음을 수습하는 것에 힘쓰게 했고, 또 경敬을 한결같이 하는 것으로써 방일한 마음을 수습하는 공부로 삼았습니다."

임금이 말했다.

"방일한 마음을 수습하는 것과 경敬에 한결같이 하는 것은 다 몸에 절실한 공부다."

―이이의 『석담일기』에서

성주의 동강 신도비

③ 남명이 일찍이 동강 김우옹에게 말했다.

"장부의 행동은 무겁기가 산악과 같고, 우뚝하기가 만길 절벽 같아서 때가 오면 바야흐로 허다한 사업을 펴야 할 것이다. 무거운 쇠뇌를 한 번 쏘게 되면 능히 만 겹의 굳은 철벽도 뚫게 되는 것이니 진실로 쥐새끼를 위해서 써서는 안 된다."

—『남명집』「언행총록」에서

④ 남명이 덕산의 산천재에서 제자들을 가르치고 있었다. 동강 김우옹과 내암 정인홍 등과 함께 있었는데, 하루는 산천재 뜰 안에 자라고 있는 소태나무의 껍질로 국을 끓였다. 이 때 강당에서 쉬고 있던 내암과 동강을 불러 같이 그 국을 먹도록 하였다. 두 사람은 쓴 소태국을 선생의 명령에 따라 한 모금씩 입에 넣고 먹기 시작하였다. 그런데, 평소에도 성격이 호방 화급했던 내암은 아주 쓰다는 표정을 지으며 그 국을 토해 버렸다. 그러나 도량이 넓었던 동강은 끝까지 참으며, 그 쓰디쓴 소태국을 다 먹었다. 이렇게 하여 남명은 동강을 외손서로 삼았다.

—경남 진양군 지수면에서 채록

18) 곽재우(郭再祐, 1552~1617)

① 남명이 외손서를 맞이하려고 하니 인근의 사람들이 여럿 몰려들었다. 망우당도 거기 있었다. 남명은

그 사람들한테 식사를 대접하면서 쓴 소태를 많이 넣어 국을 끓여 주었다. 다른 사람들은 국을 한 숟가락 떠먹어 보더니 쓰다면서 못 먹었는데, 망우당만이 땀을 뻘뻘 흘리면서도 다 먹었다.

밥상을 물리고 남명이 물었다.

"국맛이 쓸 터인데 어떻게 하여 다 먹었느냐?"

남명이 이렇게 말하자, 망우당이 말했다.

"국하고 밥은 서로 섞여야 되기 때문에 써도 다 먹었습니다."

이를 듣고 남명이 이 같은 사람은 사위로 삼아도 괜찮겠다고 여겨 외손서로 삼았다.

망우당 부인이 몹시 못생겼다는 이야기도 있다. 그러나 마음씨는 아주 어질었다고 한다. 이 부인은 신통한 조화를 부려서 밤에 잘 때 팔이 자는데 방해가 된다고 하면서 팔을 빼서 벽에 걸어 두고 잤다고 한다.

—경북 달성군 현풍면에서 채록

② 곽재우는 천성이 효우孝友가 있으며 기개와 도량이 크고 심원하였다. 그리고 호걸스럽고 의협심이 있어 의리를 좋아하였는데, 용맹은 삼군의 위세를 압도할 만하였다. 소년 때 조식에게서 글을 배웠는데 조식이 재우를 자신의 외손서로

망우당 곽재우상

삼았다.

—이긍익의 『연려실기술』에서

19) 이양원(李陽元, 1533~1592)

남명이 항상 보도를 차고 있으니, 상국 이양원이 본도의 감사가 되어 선생을 찾아뵙고 곧 칼을 가리키며 말했다.

"이 칼이 무겁지 않으신지요?"

남명이 말했다.

"무엇이 무거우리오? 내가 생각하니 상공의 허리 아래에 있는 금띠가 더 무거울 것 같소이다."

이양원이 사례하며 말했다.

"재주는 없고 임무가 무거우니 감당하지 못할까 두렵습니다."

—『남명집』「언행총록」에서

5. 남은 이야기 몇 토막

① 봉양을 잘 하되 오로지 그 심지를 기쁘게 했고 상중喪中에 있어서는 소리 없는 눈물로 애모하였으며 전후 상사에 모두 여묘살이를 했다.

—『남명집』「편년」에서

② 남명이 함안에 갈 때는 반드시 현감 이경성李景成의 집에 묵었는데 일찍이 그에게 이같이 말했다.

"벼슬을 왜 하지 않으시는지요?"

이경성이 대답했다.

"늙으신 어머니가 계시기 때문입니다."

남명이 다시 말했다.

"세상 사람이 부모를 위하여 벼슬하는 사람이 많은데, 공은 홀로 물러나서 봉양을 하고 있음은 무슨 까닭입니까?"

남명 조식(1501~1572)

이렇게 말하곤 조금 있다가 탄식하며 말했다.

"슬하에서 떠나보내고자 아니 하는 것이 부모의 뜻이니 그 뜻을 받든 것이로다!"

—정구의 『함주지』에서

③ 남명이 두류산 가운데 계실 때에 어떤 한 선비가 두류산을 유람하여 청학동을 지나 돌아와 남명을 뵙고 나서 청학동에서 학을 본 일을 말하니 남명이 말했다.

"그것은 학이 아니고 황새라네."

다시 이렇게 말했다.

"그대들의 이번 걸음은 헛된 고생만 하고 말았다.

고구려 벽화의 '학'과 신선

학을 찾다가 황새만 보았고 은자를 찾다가 나를 만났으니 소득이 어디 있겠는가?"

—『남명집』「편년」에서

④ 남명은 고문을 좋아하여 비록 과장에 나아가기는 했지만 속된 문자는 쓰지 않았다. 붓을 잡아 일을 기록하면 애당초 생각하지 않는 듯 하면서도 삼엄森嚴하게 법도가 있어 고미古味가 많고 빼어났다. 그리하여 고문을 배우는 사람은 다투어 가며 서로 전하고 외워서 모범을 삼았다.

—『남명집』「편년」에서

⑤ 음식은 정결하면 그만이고 화려하고 맛 좋은 것은 좋게 여기지 않았다. 일찍이 남의 집에서 안주를 꽃 모양으로 만든 것을 보고는 젓가락을 대지도 않고, '옛사람은 고기를 끊어도 다만 반듯하게 할 뿐이었다'라고 했다.

—『남명집』「편년」에서

⑥ 어떤 사람이 물었다.

"선생님께서 세상에 나가서 행할 수 있었다면 큰 사업을 이룩하셨겠습니까?"

남명이 대답했다.

"내 일찍이 재주와 덕이 없으니 어찌 일마다 할 수 있겠는가만, 만일 옛 덕을 높이고 후배를 권장해서 얼마간의 현재賢才를 뽑아 각기 그 재능을 바치게 하고, 앉아서 그 성공함을 보는 일이라면 나도 아마 할 수 있을 것이네."

—『남명집』「편년」에서

공자(B.C.551-B.C.479)

⑦ 어떤 사람이 물었다.

"선생님께선 엄자릉과 견주어 어떠하신지요?"

남명이 대답했다.

"무슨 말인가? 자릉을 어찌 따를

수 있겠는가? 그렇지만 자릉과 나는 도가 같지 않다. 나는 이 세상을 잊지 않은 사람이며 바라는 것은 공자를 배우려는 것이다."

—『남명집』「편년」에서

남명 약전

1. 한 시대의 비상한 선비

이이李珥(1536~1584)

지금 임금[선조를 가리킴] 5년 정월에 처사 조식이 세상을 떠났다. 조식은 자字가 건중健仲으로, 그 성품이 청렴하고 꿋꿋하였으며 젊었을 때 과거에 힘썼지만 즐겨 한 것은 아니었다. 서울 생활을 하던 어느 날 그가 성수침成守琛을 찾아간 적이 있었는데, 당시 수침은 백악봉白岳峯 아래에서 세상일을 사절하고 살았다. 조식은 이를 보고 마침내 시골로 돌아가 벼슬하지 아니하고 지리산 아래에 살면서 스스로 '남명'이라 호號하였다. 그는 주고받는 것을 반드시 의리義理에 맞게 하여 구차히 하지 않았으며 사람에 대해서는 인정하는 것이 적었다.

늘 방에 꿇어앉아서 사색하였는데 잠이 오면 칼을 어루만지며 졸음을 깨웠다. 칼자루에는 명銘을 써 두었는데, '안으로 마음을 밝게 하는 것은 경敬이요[內明者敬], 밖으로 행동을 결단하는 것은 의義이다[外斷者義]'라는 것이었다.

오랫동안 한가롭게 살아 인욕人欲이 말끔히 사라지고 깎아지른 듯한 우뚝한 기상을 갖게 되었다. 남이 잘한 것을 들으면 좋아하고 남의 악한 것을 보면 미워하여 착하지 않은 사람들은 본 척도 하지 않으니, 사람들이 함부로 만나자고 하지도 못하였으며 학도學徒들만 그를 따랐으니 모두 심복하였다.

명종조에 성수침과 함께 천거되어 단성현감丹城縣監에 제수되었다. 이때 권간權奸[윤원형尹元衡을 가리킴]이 권세를 잡고 문정왕후文定王后를 미혹되게 하여 사림士林들의 의기를 꺾었으므로 공론을 빌려 유일遺逸을 천거해 등용한다고 하였으나 헛된 이름에 실속은 없을 따름이었다. 이 때문에 조식이 벼슬할 뜻을 그만두고 상소하여 사직하면서 당시의 폐단을 아뢰었다.

이 상소에는 '자전慈殿께서는 사려가 깊고 착실하시나 단지 깊은 궁궐 속의 한 과부에 지나지 않으시고, 전하殿下께서는 나이가 어리시어 선왕의 대를 잇는 한 아들에 불과하시다'라든가, '노래는 처량하고 의복의

색깔이 희니 망할 조짐이 이미 드러났다' 라든가 하는 말이 있었다. 이에 명종은 욕이 대비께 미쳤다 하여 노하였지만 산림처사로 대우하여 죄를 주지는 않았다.

명종 말년에 조식은 경서에 밝고 수양된 선비로 이항李恒 · 성운成運 · 한수韓脩 등과 함께 천거되었는데, 6품관에 임명되어 임금이 불러 정치할 방법을 물었으나 끝내 벼슬을 사양하고 돌아갔다. 이항이 임천군수林川郡守가 되어 부임하는 것을 보고, 조식이 조롱하기를 '이조대李措大[조대는 빈약한 선비를 뜻함]가 하루아침에 군수가 되니, 장차 화의 발단이 되지 않는다고 할 수 있으랴' 라고 하였다.

조식이 시골로 돌아오니 청명한 명성이 더욱 알려졌다. 지금의 임금 때에도 여러 벼슬에 임명되었으나 모두 취임하지 아니하고 다만 정치의 잘잘못만 상소할 뿐이었다.

죽을 때에 그 문도들에게 말하기를, '후세 사람들이 나를 처사處士라 하면 옳겠지만 만일 유자儒者로 지목한다면 실상이 아니다' 라고 하였다. 문하생이 유익한 말을 청하니, 조식은 '경敬 · 의義 두 글자는 하늘의 해와 달 같아서 그 중 하나라도 폐할 수 없다' 라고 하였다. 그의 첩이 울면서 들어와 영결하기를 청하나 허락을 하지 않고 죽었다.

조정에 부음이 들리니 대간臺諫과 조신朝臣들이 시호諡號를 내려 포장褒奬하고자 하였으나 임금이 전례가 없다고 하면서 허락하지 않고 부의賻儀만 하사하였다. 문인 가운데 개결한 선비가 많았는데, 김우옹金宇顒 · 정인홍鄭仁弘 · 정구鄭逑가 가장 드러난 사람이었다.

삼가 생각해보건대, 조식은 세상을 피하여 홀로 서서 뜻과 행실이 높고 깨끗하니 진실로 한 시대의 일민逸民이라 하겠다. 다만 그의 논저論著를 보면 학문에 실제로 체득한 주견이 없고 상소한 것을 보아도 역시 경세제민의 방책은 되지 못하였다. 이로 보아 비록 그가 세상에 나와 일을 했다 하더라도 치도治道를 성취시켰을 것이라고는 보장할 수 없다. 그러므로 문인들이 그를 추앙하여 도학군자道學君子라고까지 하는 것은 진실로 실상에서 지나친 말이다. 그러나 근대近代의 처사라고 하는 이들로서 시종 절개를 보전하여 천길 벼랑 같은 기상氣象을 가진 이는 조식에 비견할 만한 이가 없었다.

술객 남사고南師古가 일찍이 누구에게 준 글에, '금년에는 처사성處士星이 광채가 없다' 라고 하더니, 오래지 않아 조식이 과연 세상을 떠났다. 조식은 시세時世에 응한 비상한 선비라고 하겠다.

—『석담일기』에서

2. 개혁으로 폐단을 없앤 선비

이제신李濟臣(1536~1584)

우리나라 사람들이 근고近古에는 사대부와 서인 할 것 없이 왜달피倭獺皮를 사들여 피견披肩 만들기를 좋아하였다. 피견이란 세속의 이른바 이엄耳掩[사모 밑에 쓰는 모피로 된 방한구]이다. 색깔이 검은 것을 좋아하여 높은 값으로 사들이니 왜인들은 앉아서 그 이득을 보게 되고, 우리나라의 면포綿布는 모두 적의 땅으로 가게 되니 진실로 통탄스럽기 짝이 없었다.

남명南冥 조식曺植이 병인년(1566)에 임금의 부름을 받았을 때 조정 경대부들을 향하여 힘을 다해 말하였다. 이로 인하여 개혁을 단행하니 폐단이 없어졌다. 그러나 왜인들이 궁각弓角[활 만드는 데 쓰이는 황소의 뿔]을 가져오지 않으면서,

"만약 달피獺皮의 무역을 허락해 준다면 당연히 궁각을 가져 오겠소."

라고 하였다. 이 때문에 활 만들기가 매우 어렵게 될까 염려스러웠다.

명종 임자년(1552)에 유일遺逸로 6품 벼슬에 제수되었다가 조금 뒤에 현감으로 제수된 사람은 대개 다섯

사람이었는데, 청송聽松 성수침成守琛이 으뜸이었다. 그는 대궐에 나아가 사은하였으나 예산 현감 제수에는 부임하지 않았다. 조정에서는 청송에게 늙은 어머니가 있으니 멀리 떠날 수 없다고 하여, 다시 적성 현감을 제수하였으나 이 또한 부임하지 않았다.

남명도 벼슬을 제수하였으나 응하지 아니하고, 단성 현감을 제배할 때는 거절하는 상소까지 올렸다 이희안李希顔은 고령 현감에 부임하고, 성제원成悌元은 보은 현감에 부임하여 잘 다스린다는 소문이 있었으며, 조욱趙昱은 장수 현감에 부임하였다가 얼마 되지 않아서 을묘왜변乙卯倭變(1555년)으로 벼슬을 버리고 돌아갔다.

남명이 처음 단성 현감에 제수되었을 때 그 사직하는 상소에는 당시의 정치 상황을 함께 언급하였는데 이런 말이 있었다.

"생각이 깊으신 자전慈殿께서는 깊은 궁중의 한 과부에 지나지 않고, 어린 전하께서는 선왕의 대를 잇는 한 외로운 아드님에 지나지 않는데, 백 천 가지의 천재天災와 억만 가지의 인심을 어떻게 감당하시겠습니까?"

명종은 '과부' 라는 두 글자가 말이 불순한 데 가깝다고 보고 진노하여 죄를 주려고 하였다. 이때 상성안공尙成安公[상진을 말함]이 좌의정으로 있었다. 그는 나에게 『송사宋史』 영종기英宗紀에서 구양수歐陽脩가 자성

태후慈聖太后에게 고한, '폐하는 깊은 궁궐의 한 부인이요, 신등은 대여섯의 서생[陛下深宮之一婦人 臣等五六書生]' 이라는 말을 찾아내게 하며 이렇게 말했다.

"마땅히 이 말로써 구제하리라."

다음날 대궐에 나아가 아뢰기를,

"조 아무개의 상소는 오로지 옛사람이 임금에게 고하던 말을 따라하여 적극적으로 국가의 고단하고 위태한 사세事勢를 말한 것이지 거만한 것이 아니옵니다."

라고 하였더니, 임금은 결국 잘못에 대하여 묻지 않았다.

명종 만년에 이조吏曹에 명하여 6조條가 구비된 사람을 추천하게 하였는데 그 조목에, '경학에 밝고 행실이 닦여진 사람[經明行修]' 이라고 하였다. 그 당시 판서로 있던 민기閔箕가 아뢰었다.

"6조가 구비되었다는 명목은 너무 지나칩니다. 다만 경학에 밝고 행실이 닦여진 사람으로 전지傳旨를 고쳐 받들기를 청하옵니다."

이에 임금이 윤허하였다.

추천된 사람이 6명이었는데, 일재一齋 이항李恒은 태인에 살고, 대곡大谷 성운成運은 보은에 살고, 전 참봉 임훈林薰은 산음에 살고, 진사 김범金範은 상주에 살고, 생원 한수韓脩와 참봉 남언경南彦經은 서울에 살았는데, 모두 6품 벼슬을 제수하였다. 임자년의 유일遺逸

로서 세상에 남아 있는 사람으로는 오직 남명뿐이었는데, 아울러 역소驛召[역마를 이용해 부름]로 사정전思政殿에 입대하게 했다.

상이 다스리는 방법을 묻되, 그 문목問目을 두 장의 종이에 써서 1부는 어안御案에 두고 다른 1부는 임금의 부름을 받은 사람들에게 내려 주어 물음에 따라 대답하게 하니, 여러 사람들이 모두 간략하게 대답하였다. 유독 남명만은 이렇게 말했다.

"신이 말씀드리고 싶은 것은 전하께서 하문하신 것 밖에 있습니다."

상이,

"말해 보라."

하니, 이에 말하기를,

"20년 이래로 민생이 날로 흩어져 마을이 점점 삭막해지니, 이는 신이 알 수 없는 것입니다."

하고, 또 '임금과 신하 사이는 화평하지 않을 수 없다'고 말하였다. 상이 잇달아 물었다.

"옛사람이 세 번 찾아가지 않으면 초려草廬에서 나오지 않는다는 것은 무슨 뜻인가?"

남명이 대답했다.

"이는 제갈량諸葛亮의 일이온데, 감히 감당하지 못할 것을 생각했기 때문입니다. 그러나 제갈량은 거의 50년을 경영하였으되 겨우 정족鼎足을 이루었을 뿐, 한漢나라의 왕실을 부흥시키지는 못하였으니, 그 재주를 또한 알 수가 없습니다."

나는 그때 우사右史로 입시入侍하여 이를 목격하였다.

대개 남명은 누차 불렀으나 나오려 하지 않았으므로 임금이 '세 번 찾아감[三顧]'이란 것으로써 물었는데, 남명의 대답 역시 '감히 감당하지 못함[不敢當]'이라는 것으로써 대답했던 것이다.

바야흐로 6조에 해당된 사람들이 소명을 받들어 서울에 모이던 날 임금이 세 제학提學을 불러, 장차 책문 시험보기를 과거보는 것과 같이 하려고 하니 승정원承政院에서 '어진 사람이라 하여 불렀으니 이와 같이 할 필요가 없습니다'라고 하여 다만 인견引見해서 말로써 논하였을 뿐이었다. 그 문목이 기록된 어찰御札을 보니 마치 전시殿試에서 선비들에게 책문하는 체제와 같았다.

명종이 유지諭旨를 내려 6조가 구비된 사람을 구하라고 한 당초 뜻은 왕손 사부王孫師傅를 제수하려던 것이었다. 우리나라의 법례에는 왕자 사부만 있을 뿐, 왕손 사부는 없었는데, 대개 순회세자順懷世子가 죽은 뒤로부터 지금의 임금에게 뜻을 두고 특별히 의논해 정하고자 하였던 것이다. 그러나 추천된 여섯 사람은 모두 왕손을 가르치기에 마땅하지 못하였으므로 왕자 사부는 또 다른 사람으로 삼았다.

일재一齋 이항李恒과 남명은 모두 젊은 시절의 벗이

었다. 부름을 받았을 때 한 곳에 같이 모였었는데 남명은 말할 때마다 일재를 조롱했다.

"항지恒之[이항의 자字]는 큰 당黨의 도적이다. 나는 결국 너의 큰 당 무리에게 끌려서 공초에 따라 나온 사람이다."

6조에 해당된 사람들을 불렀을 때 논평하는 사람들이 말하기를,

"현재 산림의 어진 선비로는 조 아무개와 같은 사람이 없다."

라고 하고, 아울러 불러오기를 청하였던 것이다. 그러므로 남명이 일재에게 '공초에 따라 나왔다' 라는 말을 하였던 것이니 대개 잘한 농담이었다.

청송聽松 성수침成守琛도 젊었을 때 남명과 뜻이 같아 서로 사이가 좋았다. 청송의 아들 혼渾은 나와 숙식을 같이하던 친구다. 내가 두 선생[청송과 남명을 지칭함]이 서로 귀하게 여기는 뜻을 물었더니 호원浩原[성혼의 자]이,

"가친께서 남명 선생의 단성소를 보시고는 '예봉이 너무 드러났다' 며 '오랫동안 건중楗仲[남명의 자]과 만나지 못하는 동안 그가 크게 성취하였으리라고 생각하였더니, 단성소의 말씨로 보아서는 아직도 미진함이 있지 않은가? 라 하셨네."

라고 했다.

—『후청쇄어』에서

정 우 락

1964년 경상북도 성주 출생
경북대학교 국어국문학과 졸업
동대학원 문학박사
영산대학교 교수 역임
현 경북대학교 국어국문학과 교수

<논 저>

『남명문학의 철학적 접근』, 『남명설화 뜻풀이』, 『남명문학의 현장』, 『퇴계학과 남명학』(공저), 『한국 한문학 연구의 새지평』(공저), 『16세기 사림파 작가들의 사물관과 문학정신연구』 외 다수

남명과 이야기

초판 인쇄 : 2007년 12월 20일
초판 발행 : 2007년 12월 30일

저　　자 : 정 우 락
발 행 인 : 한 정 희
편　　집 : 김 경 주
발 행 처 : 경인문화사
주　　소 : 서울특별시 마포구 마포동 324-3
전　　화 : 718-4831~2
팩　　스 : 703-9711
이메일 : kyunginp@chol.com
홈페이지 : http://www.kyunginp.co.kr
: 한국학서적.kr
등록번호 : 제10-18호(1973. 11. 8)

값 9,000원
ISBN : 978-89-499-0544-0 04810